《水墨》的问题

三十余年一直在文联任职，[illegible]，对其他艺术门类，如音乐、书法亦有些了解。许多书画家也是朋友，据说，可以写些这方面的作品。可我一直都没有，只写过有关书法的《[illegible]》。再就是这本《水墨》了。文学艺术[illegible]一点，即是[illegible]，隔行如隔山。否则，也不是[illegible]的了。[illegible]行内人一看便[illegible]破绽。

所以要写，[illegible]不能不有感而发。不知从什么时候起，高雅纯净的艺术[illegible]，[illegible]水墨[illegible]一般的[illegible]，不再是[illegible]，而是一种[illegible]，人们[illegible]了[illegible]，[illegible]"[illegible]的[illegible]。[illegible]，[illegible]不[illegible]，[illegible]联合[illegible]，成了[illegible]，[illegible]。[illegible]这[illegible]不是个别[illegible]，从上到下，从整体到局部，[illegible]，但[illegible]已经[illegible]了[illegible]。[illegible]艺术[illegible]艺人[illegible]，[illegible]不[illegible]，[illegible]。[illegible]艺术[illegible]，[illegible]"[illegible]"[illegible]视其[illegible]人[illegible]。[illegible]艺术作品[illegible]。[illegible]艺术[illegible]。艺术[illegible]不仅[illegible]了[illegible]，[illegible]了[illegible]应有的[illegible]，[illegible]艺术[illegible]成为一[illegible]，[illegible]。

命悬一丝

尤凤伟　著

河北出版传媒集团
河北教育出版社

年轮典存丛书

编者荐言

中国当代文学已走过七十多年，每一次文学浪潮的奔腾翻涌，都有彪炳文学史的作家留下优秀作品。

回首20世纪七八十年代，改革开放开启了中国当代文学持续至今的繁盛，由于几百家文学刊物的存在，中短篇小说曾是浩荡文学洪流中的浪尖。然而，以1993年“陕军东征”为分水岭，长篇小说创作成为中国文坛中独立潮头的存在，衡量一个作家的创作成就及一个时期的文学成果，往往要看长篇小说的收获。中短篇小说的创作和读者关注度减弱，似乎文学作品非鸿篇巨制不足以铭记大时代车轮驶过的隆隆巨响。

进入21世纪，特别是党的十八大以来的新时代，我们乘着光纤体验世界的光速变迁，网络文学全面崛起，读图时代、视频时代甚至元宇宙时代的更迭，令人应接不暇，文学创作无论是体裁还是题材都呈现出一种扇面散播效应，中短篇小说创作也再度呈扇面式生长，精彩纷呈。

为此，我们特编辑了这套“年轮典存丛书”，以点带面地梳理生于不同年代的当代优秀作家的中短篇小说精品，呈现不同代际作家年轮般的生长样态。

我们不无感佩地看到，生于1940年前后的文学前辈，青年时已是文坛旗手，在当下依然保持着丰沛的创作力，他们笔耕不辍，使当代文学大树的根扎得更深。

“50后”一代作家已走过一个甲子，笔力越发苍劲。他们不断返回一代人的成长现场，返回村镇故乡、市井街巷；上承“40后”的宏大命运主题，下接烟火漫卷的无边地气；既广受外国文学的影响，又保有中国古典文学的高蹈气质。

在“60后”这一中坚力量的年轮线上，我们能看到在城乡裂变、传统向现代过渡的进程中，一代人的身份确认、自我实现，以及精神成长的喜悦和焦虑。

“70后”作家因人生经验与改革开放四十年紧密相连而被称为“幸运的一代”和“夹缝中壮大的一代”，也是倍受前辈作家的成就影响而焦虑的一代。如今已与前辈并立潮头，表现不俗。

而作为“网生一代”的“80后”和“90后”，他们的写作得到更多赞誉的同时，也承受了更多挑剔和质疑。但经过岁月淘洗，我们欣喜地看到，曾经的文学小将已在文坛扎扎实实立稳脚跟，相继以立身之作进入而立和不惑之年。

六代作家七十年，接力写下人世间。宏阔进程中的21世纪中国当代文学，正在形成新的文学山峰的山脊线。短经典历久弥新，存文脉山高水长。

目　录

CONTENTS

晚　霞

出门的时候，王德民回头看了眼正在收拾书包的儿子庄杰，庄杰是他的独子，实际是养子，在镇中学读高二。庄杰回应地看了他一眼，问句：爹，你要出门吗？他点了下头，庄杰又问：去哪儿？他打了个哽，随后回句：去柳家疃，你大姑家。庄杰不再问，继续收拾书包。这时老伴儿从里屋出来递给他一个提兜，说：把这件绒衣带给小杰大姑吧，这尺码大姑穿着合身。他没回声，接过来出了门。

柳家疃在本村的正西，十几里路程，如今交通方便，在村头坐上小公共，一刻钟就到。站点已有不少村人在等车，有的提着青菜，有的提着鸡蛋，也有的提着黄杏、桃子。他突然记起今天是龙泉汤集，都是去赶集的。打过招呼车就来了，大家蜂拥上车抢占座位，到车上就散开了。他没抢到座，事实上也没打算抢，选一个空当站定，抓住扶杆，车便开了。

春夏之交，窗外田地的麦子已渐近黄熟，间杂着刚刚长起的玉米、谷子以及永远也长不起来的地瓜、花生，颜色葱绿，空气中飘满了浓浓的庄稼的清爽气息，沁人心脾。而此时的庄德民对这一切视而不见，嗅而不觉，他只是默默地想着自己的心事。这心事已压在他的心中许久，压得他寝食难安，喘不过气来。

几乎坐过了站，是司机最后一声吆喝才让他回过神来，一步跳下车。柳家疃是一个大村，从他七八岁时姐姐嫁过来，他便不时来“走亲戚”，一走走了四十几年，对村子十分熟悉，可以说闭着眼睛都能摸到大姐——庄杰大姑家。

这个时节是农事的淡季，庄稼在地里自己长，用不着人侍弄，庄稼人便得些闲。当然，德民走亲戚并不是因为闲来无事，而是有一桩要事要办。进了大姐家门，大姐两口子略显惊讶，虽说常来常往，可自从手机普及，人们已习惯走动前打个招呼，而这遭不声不响一步闯进门，就难免不让他姐姐姐夫惊讶，姐姐迫不及待地问：德民，是不是有什么事呀？

是的有事，且不是小事，对他而言可以说是天大的事。只是一时不知从哪儿说起，他眨巴着眼，半张着嘴，出不来声。

进屋，进屋。姐夫将他让进屋。

进屋德民便闻到一股浓浓的茶香，同时看见香的发源地——屋中间摆放的一口炒茶的大锅，锅四周是几筐刚采摘的碧绿茶叶，他知道这几年柳家疃的农户将大半农田改为茶园，采了茶或卖给茶厂或自己炒制，大姐家当属于后者，这般销售成品茶收入会更高。

面对大半锅已炒毕的茶叶，大姐却舍近求远从里屋拿出一个铁罐，从里面取茶品给老弟沏上，德民知道大姐拿出的是极品，出自露天大田（非大棚），茶田不使用农药，也不用化肥，只使用豆饼肥田，且是开春采摘的头茶。

他喝了一口，却辜负了大姐的一番心意，没喝出这极品到底“极”在哪里。放下杯，长叹了一口气。

大姐体察到他重重的心事，问句：德民你来有啥事吗？就说嘛。

他吞吞吐吐说：为庄杰的事。

庄杰？他咋的了？大姐问。

他摇摇头。

不听话，不好好念书，成绩不好？

他说：姐，不是为这个，小杰样样都好，省心。我来是想问一问他的来处。

来处？大姐没听懂，来处？

他点了下头，说：当初是姐夫帮我买来的这孩子，我想知道是从哪个人手里买的。

大姐夫吃惊地看德民，问：德民，你咋问这个呢？多少年前的事，小杰都快长大成人了，咋想起来问这个？

不待他回答，大姐脸变了颜色，急问：是不是上面追查了？

他赶紧解释，说：不是不是，上面没追查，如今计划生育的政策变了，管那档子事儿的人都散了，没人追查以前的事。

大姐夫问：那你干吗问小杰的来处呢？

他想了想，说：这我先不说，以后再告诉你们。

大姐夫不认可，说：德民，咱是一家人，有啥不能把话说开的？再说了，这么不明不白，俺咋好把当初帮咱忙的人卖出去，当初俺可是发誓把这事烂在肚子里。

他觉得大姐夫说的是实情，也在理，便不说话了，端起杯一口一口地喝茶。

大姐夫大姐疑惑地望着他。

他放下茶杯，用袖子擦擦嘴，轻声说：姐、姐夫，是这么回事儿，俺，俺想把小杰还回去。

还回去？还给谁？大姐夫问。

哪，哪儿来哪儿去，还，还给他亲爹妈呗。他嗫嚅说。

大姐夫大姐一齐瞪大了眼，像看陌生人似的看着他。

他重复句：还给他亲爹妈。

德民，你精神失常了吗？大姐夫仍用异常的眼光盯着他质问道。

俺没。他说。

不失常这又是咋的？把一个孩子从七个月大养到十七岁，一把屎一把尿，当成亲生的养，如今就要考大学了，又要还回去，这不是说疯话吗？

他叹了口气，沉哑地说：姐夫、姐，俺不是说疯话，这事和小杰他妈寻思了好长时间，寻思来寻思去，觉得还是把小杰还给他亲爹妈好。

大姐夫盯着他：好？好在哪儿？你说说。

这个……

大姐夫说：那就是良心发现了，知道以前过错了，要改正犯下的过错了？

不是，不是。俺没那么高尚。

不高尚，那干吗要把自己辛苦抚养大的孩子再给人家呢？

他咬着嘴唇无话可回。

大姐夫问：你就不考虑考虑自己？

其实，其实俺这么做就是为了自己。他嗫嚅说。

惊讶重新浮现在大姐夫和大姐的脸上。

一时都无话，沉闷着。大姐给德民斟上茶，示意他喝。

他端起杯喝了一口，又放下。

大姐夫摇头说：你说得越来越不靠谱了，让人听不懂，我看就是神经出了问题。

大姐问：德民，是不是受到了刺激？

他满脸愁苦，不回声。

大姐夫说：德民……

大姐打断说：别再逼问德民了，他……

大姐夫瞪她一眼说：这可不是小事，他不讲出个一二三，咱能把帮过忙的人讲出来？买卖孩子是犯罪，虽说过去了许多年，要是让上面知道了，同样会追究，咱能眼睁睁把人家送进监狱？

大姐意识到事情的严重性，不吱声了。

大姐夫补句：要走到这一步，咱不是坏了良心吗？

德民的心抖了一下。在这之前，他还真没想到连累别人这一层。可不是，这事给抖出来，大姐夫的上家，上上家，一干人都得倒霉。这是不可以的，就是大姐夫说的坏了良心。可，可话又说回来……

大姐夫似乎看透了他的心思，说：这事确实不犯轻易，咱是一家人，一家人不说两家话，你如实讲为啥要把小杰还回去，如果非还不可，咱们就把事情办妥帖，避免这条线上的人遭殃。

德民似乎看到了希望，急问：能办到？

大姐夫说：事在人为。

事到如今，德民明白自己必须把送还小杰的缘由讲出来，避免出现不好的结果。他心里不由得泛起一阵悲怆，带着哭声说：俺也不想失去小杰呀，从小养到大，和亲儿没两样呀，可要是再往下养，实在是养不起啊！

啥个？养不起？大姐夫惊讶地问，他压根儿没想到送还小杰是这个理由，不是养得好好的吗？

他说：现在还行，就是个吃穿，学费也不高，可明年就要进大学了，样样挑费蹦高，听说一年得好几万，俺家的情况你们知道，只靠种几亩地，实在拿不出来这么多钱哪。

大姐夫和大姐都不吱声。

他满脸悲苦摇头不止，说：当初把小杰买过来，俺两口儿那个欢喜啊，黑夜睡不着觉，觉得这遭不愁没人养老啦，只想到养老，没想到……

唉，唉，大姐夫大姐跟着唉声叹气。清楚兄弟说的是实情。

他又说：按我这岁数，也能去城里打工给小杰赚点儿学费，可是自从得了腰病，这条路也走不通了。

大姐说：种地不赚钱，还赔钱，要不许多村都把农田改成茶园了。

大姐夫说：这真是个现实问题，咱家是闺女，出了门子（出嫁）就没事了，要真是个儿……嗐，念不起就不念得了，家里的情况小杰也不是不知道。

大姐附和说：是啊，不念就不念，农村孩子有几个念大学的呀，下了学要么种地，要么外出打工。

德民摇头说：可咱小杰和别的孩子不一样啊，聪明、成绩好，他说一定能考上名牌大学。

大姐夫说：这也没有办法的呀，谁叫他生在……

大姐夫突然收口，德民和大姐都清楚他下面的话是生在咱这样的穷家里，但事实是小杰不是生在这个家里，是有人把他从他亲爹妈那里给拐出来的，这就让大姐夫后面的话难以出口了。

大姐叹口气说：说一千道一万，还是小杰命不好，被人拐了，又拐到咱这样的人家，那就只能认命，不能念大学就不念吧。

德民说：就算不念大学，以后媳妇是要娶的，算个账，彩礼、盖房子、办酒席，一干花费就得几十万，上哪儿去弄这几十万？咱上哪儿去弄？去偷？去抢？

大姐夫说：也只能攒钱吃面，有多少花多少啊，小杰也应该理解的。

他说：这就难说了，娶亲是人生大事，谁都不想办得寒碜，不如人，丢人现眼，弄不好就是个仇。

仇？大姐夫问。

他说：可不，你们听没听说上庄出的那桩事？

啥事？

一户人家给儿娶亲，儿是好儿，一表人才，可家里穷，给女方的彩礼不足数，该给十六万却只给了十二万，女方家里虽然不满意，可也接受了。后来到男方家里看新房，发现新房是旧房翻新的，面积小，装修得也很简陋，一气之下悔婚了。

大姐夫说：如今这样的事不在少数。

大姐说：不嫁拉倒，有好儿还愁娶不上媳妇？

大姐夫说：那可不一定，你看那些打光棍的，个顶个栓栓正正（一表人才）的，光模样好不成，还得有钱。

大姐问：后来那青年……

德民说：觉得窝囊，上来熊脾气不管三七二十一，一把火把婚房烧了，离家出走，从此再无音信。

大姐惊讶：啊，怎么这样？！从小养到大，到头来和爹妈成仇人了。

大姐夫说：反目成仇，如今这样的事可不少。

大姐说：小杰能这样？我看不能。

大姐夫说：也难说哩。又说：人心隔肚皮谁知道呢。

大姐问：小杰知不知道他不是你们亲生的？

德民皱起眉头，说：知道，开始保密，后来不晓村里哪个嘴贱的人告诉他了。

他……

那年他六岁，开始哭闹，跑了几次，说要找他亲爹妈。

后来呢？大姐问。

后来见达不到目的，别扭了一阵子，也就作罢了，可看出来和以前不一样了。德民叹口气说，要知道有今天，还不如那时就还回去。

大姐说：也是的。

既然下了决心还回去，今天也不晚。大姐夫说。

大姐抹起眼泪，悲声说：怎么说也是舍不得呀，这么好的孩子，说没就没，再也见不着了。

德民的眼圈也红了，说舍不得，他体会得比任何人都深切，还有老伴儿。

大姐夫摇摇头说：哪个又舍得呢，那孩子很懂事，每回来都帮俺下地干活儿。嗐，可话说回来，长痛不如短痛，与其将来成仇人，现在分开也好，亲生儿都一把火点着房子跑了，何况……

大姐夫没再往下说，意思都明白。

德民说：有时也安慰自己，要是小杰出生在一个好人家，能回去对他也是个好事，会奔个好前途。

大姐夫点点头：说的也是，电视上报道有个女婴被穷爹妈遗弃，被人送到福利院，后来被一个美国人家收养，带回美国，这女孩儿如今在读大学，前途一片光明。

德民闷闷说：还有个被收养的女孩儿成了世界体操冠军呢。

大姐说：运气真好。停停又说：谁又知道小杰是出生在啥样子的家庭呢？

大姐夫说：再差也不会比咱这穷家差吧。

大姐点点头，又问：能找到小杰出生的家吗？

大姐夫说：这难说了，打意找，争取找到就是了，嗐！把买来养大了的孩子还回去，这事说出去谁会信呢？

说罢转向德民问：这事你从头到尾都想好了吗？

德民说：是，这样对两方面都好。

大姐夫又问句：不后悔？

德民点了点头，可眼圈又红了。

大姐夫说：这样，咱就往下进行，现在可以对你讲了，当初是姜家庄的“大眼”把小杰交给我的。

“大眼”？

外号。

哦。

大姐夫说：他把小杰抱到上庄集，我验了验是男孩儿，没有残疾，就接了抱到你家里。

德民问：是谁把小杰给了那“大眼”？

大姐夫说：不晓得，按规矩这码事当事人只能知道一个上家，我们现在只能去找“大眼”问。

大姐问：他能讲吗？

大姐夫说：谁知道呢？碰碰运气吧。

德民说：咱马上去。

大姐说：别，别，天快晌午了，吃了饭再去。

经验告诉德民，大姐的饭不可抗拒。

吃了饭，天有些阴，也起了风。德民与大姐夫在村头坐上小公共，风刮起沙尘直扑车窗，打得玻璃啪啪响。农闲时节，乘车的人很多，没有座位，只能站着，好在路不远，不多会儿便到了姜家庄。在村头站点下了车，头上落雨星了。

大姐夫说句：要下就下大点儿，庄稼缺雨了。德民没吭声，他的心思实在不在雨大小上。就要见到大姐夫的上家“大眼”了，他还能不能记得他的上家是哪一个，记得能不能讲出来？

在村街上遇见提一篮黄杏的中年女人，大姐夫拦住询问：“大眼”家住哪里？中年女人反问句：“大眼”？大姐夫赶紧改嘴说：就是姜永善啊。中年女人哦了声，说：在前街，从前面的胡同穿过去再问。他们就从胡同穿到了前街，又拦住一个须发皆白的老人询问。老人说：永善是俺老弟，找他有事？大姐夫说：有事。老人问：啥事？大姐夫诘住了，因为难以回答。德民心里别扭，心想：人老了，闲得无聊，见人就叨叨个没完，便说：俺该他的钱，来还钱。老人显出诧异的样子，说：不对吧，都是他该人家的钱。又问：你该他多少钱？他没带好气地说：二十块。老人又问：你啥时借了他二十块钱？他硬硬地回句：十七年前。不知怎么下意识中他将买到小杰的年份说出了口来。老人说：你把这二十块钱给我吧。德民吃惊地问：给你？老人说：他该俺五十二块钱，四五年了不还，把这二十块钱扣下，他还该俺三十二块钱。德民与大姐夫相互看看，又无奈地摇摇头。德民觉得没必要和这财迷再啰嗦下去，从口袋里掏出钱，从中抽出一张二十块的票子，老人接过去装进口袋，随后指指远处的一幢房子，说声：那儿就是永善家。

往大眼姜永善家走的时候，大姐夫骂句：奶奶的，出门没看皇历，遇上断道（打劫）的了。

按“断道”人所指，他们来到姜永善家大门外，德民上前敲了门，开门的是一个利落的半老女人。不用猜是姜永善的老伴儿了，她用诧异的眼光望着门外的陌生人。大姐夫问：你是永善嫂子吧？她没吭声。大姐夫又问句：永善大哥在家吧？

在家在家！从屋里传出应答声，进屋吧进屋吧。

不等他们进屋，出声人已从屋里探出头，一个眼瞪得大大的半老头子，德民同样不用猜，知道他就是今番要找的上家“大眼”姜永善。也是名副其实，德民觉得这个叫永善的老人面相十分和善，他热情地握着大姐夫的手摇个不停，说：强东，咱好几年没见面了，你还没大变样啊。大姐夫说：没见头发都白一半了。永善大哥说：这算啥，你没见俺都长白胡子了？嗐，别站着，进屋说话。

坐下后，大姐夫指指德民说：这是我小舅子庄德民。又问：永善大哥，俺大侄子咋样？一晃也是好几年没见了。

永善大哥哼了声说：别说你，俺都好几年没见那兔崽子的面了。

德民与大姐夫相互看看，大姐夫问：出国了？

出个屁国！永善大哥说，在青岛。

德民说：离家不远，咋这么多年不回来？

永善老伴儿一边倒茶一边说：结下仇了，不认爹妈了。

大姐夫问：为啥呢，亲爹妈说不认就不认了？

永善大哥叹口气，说：还不是因为家里穷嘛。下学后一开始在家里种地，到了要娶亲的岁数，也没多少人给提亲，就是提，女方一打听咱家这情况，也就黄了。事情坏在他二姨那里，没合适的就拉倒呗，可她给提了个瘸子。这事还让村里人都知道了，他窝囊，大病一场，病一好就离家外出，连招呼也不打，也不给个音信。

德民摇头：这样啊。

永善大哥说：反正这儿是没了，白养了。

大姐夫问：咋知道他在青岛？

永善大哥说：村里有人在青岛看见他了，在一个建筑工地打工。

德民的心颤了一下，他似乎看见小杰在工地上干活儿，破衣烂衫、蓬头垢面。他晓得假若小杰不能念大学，这就是小杰今后的境况，他也会像永善大哥的儿这般心生怨恨的，由此他更坚定了把小杰还回去的决心。

都不说话了。

穷生百病。大姐夫总结句，然后说上了正题。他问永善大哥：永善大哥，你还记得十几年前帮俺买过一个孩子吗？

记得，这么大的事咋能忘了？永善大哥说，又问，强东，你咋提起这码事？

大姐夫不回答，又问句：这个孩子你是从谁那里接手的？

永善大哥吃惊地望着大姐夫，本来就大的眼睛更显大了，反问句：你干吗要问这码事？

大姐夫把眼光对向德民，对永善大哥说：那孩子我从你这里接了，就给俺兄弟德民养了，他有件事想问问那个卖孩子的人。

德民说：是，想问问他。

永善大哥眯起了眼又摇起头来，说：这个，俺不能说。

德民有些急，问：咋的不能说呢？

永善大哥看看德民，说：这事不犯轻易，当年是犯法，到今天也是犯法，犯法抓起来就得坐监。当年交接孩子之前，俺们都发了誓，谁都不能把对方卖出去。

德民想到大姐夫也说过同样话，他一时无话可说，心想：如今对拐卖孩子处罚更重了，许多犯人被判死刑。

大姐夫说：永善大哥，这些俺们也是清楚的，这事过去十好几年了，没出事也就安全了，不会再出事了。俺们也可以发誓，不会把倒手孩子的人讲出来。对了，那个人还在吗？

永善老人眨巴了几下眼，说：在。

大姐夫强东问：还有来往吗？

永善大哥说：没啥来往，就是哪遭赶集兴许能碰上，说几句话。

德民问：没提孩子的事？

永善大哥说：都想烂在肚子里的事，还提？没事找事？

永善大哥突然警惕起来，瞪眼抬音问：是不是公安让你们来的？

大姐夫和德民连忙摆手否认：不是不是。

大姐夫补句：永善大哥，这个我们可以对天发誓的。

永善大哥想想，又问：那是找他要钱？

德民一时不解：要啥钱？

永善大哥说：买孩子的钱呀。

大姐夫赶在德民前头说：永善大哥，你这就想偏了，那孩子真是个好孩子，栓栓正正、百里挑一，就要考大学了，别说要钱，补钱都是应该的！

德民说：就是就是。

永善大哥端起茶杯向两位举举，自己喝了一口，客人也端起杯喝。

永善大哥放下茶杯，用衣袖擦擦半白胡子，问句：那你们大老远跑来打听那个人，为啥？

德民刚要说话，却被大姐夫止住，说：还是我对永善大哥说吧。

德民就不吱声了。

也许大姐夫明白这事不是几句话能说完了的，遂端杯润润喉后开说。

大姐夫足足讲了一顿饭工夫，他一边讲德民一边点头，时而随句：就是就是。

一席话讲完，听者永善大哥脸色阴沉，眯起大眼，久久不说话。

大姐夫和德民也不说话，注视着永善大哥脸上难断的神色。

良久，永善大哥长叹一口气，说句：是这样的啊，这样的啊。

就是就是，不犯难哪能走这一步啊。大姐夫说。

永善大哥摇起头，说：犯难啊，不犯难哪能把一个养大的好孩子还回去呢？

大姐夫说：可不是的，可不是的。

永善大哥脸上显出无限哀伤，哆嗦着白胡子说：俺那个冤家倒是亲儿呢，咋样？一不如意就一去不返乡，不认亲爹妈了。你们那个不是亲生，谁敢保证遇事不闹“饥荒”翻脸成仇呢？那时成仇人，还真不如今天好好地还给他爹妈，让人家一家团圆，也是大善事。再说了，人家爹妈肯定比咱过得好，孩子回去享福也能有个好前途哩。

大姐夫附和说：就是就是，大哥的话在情在理。

德民听着心里却挺难过，望着永善大哥凄凉地说：谢谢永善大哥体谅俺，俺就是这么想的，舍不得是真舍不得啊，养了十七八年了，孩子又那么有出息，想到要离开家，俺老两口儿不知流了多少泪，多少个黑下睡不着觉，心里像有把刀在绞，可想想让孩子上大学以后再娶亲，那得砸锅卖铁拉一腚饥荒，俺老两口儿以后的日子还咋过呢？想来想去，觉得长痛不如短痛，把孩子还回去，十有八九能比在咱家前途好，也是孩子的福啊。

永善大哥黯然说：老弟不用再说了，就是这么个事，这么个理啊。这么的吧，你们保证绝对保密，我就带你们去曹庄找那上家，那人叫曹风波。

好的好的，大姐夫强东和德民松了口气，异口同声说：谢谢永善大哥，谢谢，谢谢！

谢啥呢，俺和德民老弟是难兄难弟，儿都没了，哑巴吃黄连——有苦说不出啊。又说，时候不早了，咱们走吧。

永善大哥说罢，便起身带着大姐夫和德民出了村，曹庄在姜家庄正南，打眼能望见青黛色的昆嵛山，曹庄在大山的余脉上，山路崎岖，不通公交车，只能步行。二十几里的上坡路挺够人呛，走着走着就慢下来，为照顾永善大哥不利索的腿脚，得不时停下来歇一阵子。也聊些话，多是永善大哥失去儿子与德民很快就要失去儿子的话题，俱唉声叹气。后来大姐夫问：永善大哥，曹风波是从哪里弄到的小杰？永善大哥说：这个曹风波没说，问人家也不会说。大姐夫点头说：就是就是，这是规矩。德民说：不晓得曹风波前面还有几个上家，要是多，找到小杰的亲爹妈就不易了。大姐夫说：可不是。永善老人说：上家不会多，也许就没有上家。

德民问：咋这么说？永善大哥说：听说曹风波是专干拐卖孩子勾当的，你们那孩子兴许就是他亲手拐的，没上家。大姐夫问：确实吗？永善大哥说：差不离。大姐夫说：要是这样倒好，找到曹也就清楚了孩子的来处。德民犯愁说：谁知道他能不能讲呢？又说：要是小杰就是他拐的，恐怕他不会讲。大姐夫说：可不是。又讲：那不是疤瘌眼照镜子——自找难看吗？永善大哥说：不管咋的，咱先找着他，想法子让他讲出来就是了。德民问：要是他就是不讲呢？永善大哥想想说：实在不行给他点儿钱，他干拐卖营生不就是图钱吗？见了钱脑袋就发昏了。德民犯难说：可我身上没带钱。永善大哥说：我带了。说着从口袋里掏出一沓钱，递给德民。大姐夫说：永善大哥，出门咋带这么多钱呢？永善大哥面带愧色：不瞒你们说，这一千块钱是当年事成后曹风波分给俺的，出门带着就是要还给德民兄弟的。德民赶紧推辞：不要不要，这是你该得的。永善大哥摇头说：从前是这么觉得，如今清楚这钱是不义之财，罪过钱，还了，才能脱罪呀。德民仍然不要，大姐夫说：既然永善大哥这么说，就先收下吧，等办完事再说。德民这才接过钱。

走走停停，停停走走，前行缓慢，望见曹庄，日头已偏西了。

走到村头，没来过的德民断定这是个小村，这从稀落的房舍可以看出，还断定这是个穷村，这从房舍的破旧不堪也能看出。穷山恶水出刁民，看来这话是有根据的，要不那么多庄稼人不好好种地，却去干坑蒙拐骗伤天害理的勾当呢？

村街冷冷清清，没有一点儿活气，走到村中间方见一个走出家光膀子的汉子。还没到打赤膊的季节，是“小伙子睡凉炕，全靠体格壮”，还是只为节省衣裳？不得而知。永善大哥倚老卖老伸手将无视他们的汉子止住，问句：曹风波的家在哪儿？光膀子汉子停下脚，现出惊讶的表情，问句：你，你找曹风波？永善大哥说：对。汉子说：曹风波不在村里了。永善大哥问：他在哪儿？汉子说：在监狱关着。德民闻听大吃一惊，望望同样惊讶不已的永善大哥和大姐夫，一时说不出话来。永善大哥问：曹风波犯事儿了？汉子说：不犯事儿能蹲监嘛。永善大哥问：他犯的啥事？汉子说：拐卖孩子。三人交换一下眼神。永善大哥再问：判了几年？汉子说：判了十年。永善大哥又问：哪年判的？汉子说：这事俺记不住，你们问村支书，他清楚。又问：哎，你们找曹风波干啥呢？三人都不晓得如何作答。

光膀子汉子并不深究，走了。三人仍然都沉默着，白跑一趟，愿望落空。过了一会儿大姐夫问永善大哥：这些年公安没找你吗？永善大哥摇摇头。大姐夫说：这说明曹风波没把你供出来，还说明他还挺仁义的。永善大哥说：进了局子就没仁义的人了，当是年头太久，拐的孩子多，他忘了这一桩了。

德民觉得永善大哥讲得有道理，说：是他记性不好，咱才逃过一劫。

永善大哥说：就是。

可眼下该如何是好呢？拉倒？

要不，咱去找村支书问问？大姐夫说道。

不中不中，永善大哥连忙摆手，说，要是支书问咱为啥要找曹风波，咋说？如实说？可我、你都是拐小杰这条线上的人，他会直接把咱交给公安，这不等于把自己绑起来送进监狱吗？

德民赶紧说：万万不行，不能连累了你们俩。

正这时，光膀子汉子回来了，看看他们，问句：你们咋老站在这儿？雨就要下大了，要不来家坐坐，喝口水。

永善大哥说：不用不用。他陡然想起什么，冲汉子问句：曹风波家里还有啥人？

汉子说：曹风波不着调，犯法的事拉着他儿一块儿干，结果儿也被判刑了。

也判了？！三人一齐惊问。

对。

几年？

算从犯，比爹少几年，七年。

大姐夫问：那他家还有谁呢？

汉子说：没谁了。

德民问：曹风波的老伴儿呢？

汉子说：死了，男人和儿进监不到一年就死了。先是疯了，后来掉进湾里淹死了。停停又叹息句：嗐，干吗要犯法呢？有口吃的孬好活着得了呗，这倒好，弄得家破人亡。

德民心想：这话没错。就说：那些贩毒的，明明知道要冒送命的危险，可还是铤而走险，往枪口上撞，自找倒霉。

汉子回家了，他们仍不晓得该何去何从，还定定地站在原地。心里都清楚，曹风波进了监狱，上家断了线，原先的计划无法进行下去了。

大姐夫突发奇想，说：要不在村里打听一下，曹风波有没有去探监的亲戚，要有，咱给他点儿钱，让他给问问，是从哪儿拐的小杰。

永善大哥把头摇得像拨浪鼓，说：这更不行，公安的一听就知是咋回事，谁敢？

大姐夫怒了，嚷道：他妈的，条条大道通监狱啊！

这时德民的手机响了，接起来是小杰，他吓了一跳，一时有些乱了方寸，说不出话来。

小杰问：爹，天就要黑了，能赶回来吃饭吗？

他定了定神，说：哦，看样回不去了，你和你妈吃吧，别等我。

小杰问：你在哪儿？

他说：曹庄。

小杰问：去曹庄干吗呢？

他说：我和你大姑父有点儿事，就一块儿来了。

小杰问：事办完了吗？

他说：还没有。

小杰问：事难办吗？

他没答，心不由得往下一沉，心想：小杰还不晓得自己来办的啥事哩，要晓得会怎样？高兴还是不高兴？其实这个问题他和老伴儿不知想过多少回了，一想心里就翻搅，按说孩子晓得能回家和亲爹妈团圆，一定会高兴的，这是天性。可他毕竟在自己跟前从小长到大，也是有感情的，可以说已经接受了现状，而现在陡然……

小杰说：事难办可以让那村的书记帮帮忙，他儿是我的同班同学，没问题。

德民心想：到了这般地步，哪个也帮不上忙的，包括这个书记。他说：不用麻烦人家了。

小杰说：没问题，我给同学打个电话，让他家接待你们，吃住都不成问题。

他说：不中不中，人家是书记，咱攀不上人家。

小杰说：不存在，同学和我同位，每回考试他都抄我的卷子，帮他老大忙了。再说他家是二层小楼，宽敞，住得开。

吃更不成问题，我这就打电话。

别，别……德民阻止。

大姐夫问：小杰说啥呢?

他把小杰的意思讲了讲。大姐夫和永善大哥都摇了摇头。

永善大哥说：要不到我家住吧，还有瓶牟平烧。

大姐夫点点头。

手机里又传出小杰的声音：爹，一定不要赶夜路，危险。前些日子俺同学他爹就是走夜路让歹徒抢了钱和手机，还差点儿送命。爹，一定照我说的做，住到我同学家。欸，你们现在在哪儿呢?

他说：在街上。

小杰说：你们等着，我这就打电话让同学出来接。然后挂了电话。

永善大哥叹息说：嗐，上哪儿去找这样的孝顺孩子啊。

大姐夫证实说：可不是，小杰从小就很懂事，知道疼人，比亲生儿还……

呜呜……德民陡然大放悲声，呜呜呜……哭声凄怆，犹同野兽嚎叫。

大姐夫和永善大哥怔住了，一齐望着声泪俱下的德民。

德民随着哭声嚷：小杰他可怜啊！可怜啊！

大姐夫望望永善大哥。

德民继续哭诉：他苦呀，从小被拐了，离开亲爹妈，收他的又是穷人家，样样不如意，学也上不起，如今要送还回去，可又断了线，呜……

哭声在昏暗的天地间回荡，听了让人发瘆。

送不了就不送了。止住哭，他用泪眼望着大姐夫和永善大哥，像对两人表决心：

俺就是砸锅卖铁也要供小杰念大学，让他有个好前途……

好，好，这样好，我赞成。大姐夫说，小杰是俺侄，娘舅亲，砸断骨头连着筋，往后俺把侄当成儿，咱两家合起来供他念大学。

这样好，这样好。永善大哥说，帮孩子俺也算一个，今后有啥困难只管对俺说，俺没二话。

谢谢，谢谢！德民擦去眼泪，感激地望着大姐夫强东和永善大哥说。

德民的手机响了，不用说，是小杰。

他想了想，关了机。

永善大哥点点头，说句：咱们走。

他们走进茫茫夜色中。

这时，雨停了，云也开始散开，西天冒出一缕暗红色晚霞。

水　墨

一

起床后，坧泉为昨天画就的一幅画儿题款：

山居图

付章樟兄补壁　辛卯冬月　坧泉于云涧斋

该题款包含的信息为：画者坧泉于云涧斋作《山居图》，赠予一个叫章樟的人。一目了然。

坧泉退后一步，端详着刚画毕的山水画作，脸上露出欣意，遂搁笔用印。

出门前，坧泉抬眼望望窗外，对取衣帽的老伴儿说句：天好，把画晒晒。老伴儿没应声，只像他一样把眼转向窗外。天空晴朗，万里无云。

坧泉随本市一些知名画家外出赴约笔会。这是书画家经常性活动，或者是艺术生活的重要组成部分。活动程式为：主办方（买家）把画家（卖方）接过去，作画、宴请，然后画家留画作，主办方付“润笔费”，笔会宣告圆满结束。各得所需，皆大欢喜。说起来，这类盛行当下书画界的笔会，坧泉参加得并不多，不为别的，只为名气尚欠，难以进入组织者的视野。这回是某画家因故缺席，与他相熟的艺术馆主任章樟向本次笔会主持、本市画院院长、美协主席冯老力荐，坧泉方得以加入，小鱼穿在大串上。擅长画花鸟的章樟对坧泉的泼墨山水甚为赞赏，称其笔墨的浑厚华滋颇有被人称为“五笔七墨”技法的黄宾虹金针之度，私下里还不断为他不被圈内人接纳鸣不平。可以说，章樟是坧泉心存感激且愿与其交往的圈内为数不多者。

在临时布置成画室的会议室里，华腾地产的韩总与画家一行见了面，冯老一一介绍，介绍到谁，韩总便对其合掌点头道声久闻大名，这也并非场面客套，来者在电视、报纸都不乏出头露面，即使算不上声名远播，也算混得脸熟。一来二去就介绍到坧泉，韩总望着他稍稍打了个哽，又照样说句：久闻大名。即使再迟钝的人，也都会从这吊诡的停顿里体会出其中的意味，画家们彼此交换着不言而喻的眼神。坧泉本人有种被掌掴的感觉，额头沁出一层细汗。他后悔不该来，自取其辱，甚至埋怨章樟好心办了件让自己难堪的事。

寒暄过后，画家们开始作画了。纸墨主办方已提前备好，并由工作人员帮画家铺于长桌。当画家们噼里啪啦从包里拿出作画家什，室内便入静，一派肃穆气氛。

进入创作，坧泉努力去除适才的难堪不快。有句话叫忍辱负重，这当是无名之辈经常面对的纠结。他先画了两个“斗方”，一幅“二牛”，一幅“双荷”，看看觉得意趣俱在。然后开始画他拿手的大写意泼墨山水。大写意不仅是技法，更是意境，从古至今的画人都孜孜不倦以从逆境中求生机，坧泉亦是。只是他的有些“出格”的写意画法不被圈内认同，甚至不断遭人诟病，有说是缺少基本功的一味“乱弄”，也有说是对张大千的拙劣模仿。他当然予以否定。一是自己的基本功扎实，干“细活”也不逊于任何人，至于模仿，倒是张大千早被徐悲鸿称为“五百年来造假第一人”，自己真要模仿个什么人，也不会选中张大师呀。他心里清楚，自己是受中学美术老师吴其治启蒙，习学泼墨技法，而吴老师心中之师为黄宾虹，只因已故去的吴老师一直默默无闻，人们才没由黄挂连到他。当为无名之悲哀。

叫《山高水长》的画很快作毕。说山，只是一道顶天立地的悬崖，通体墨透。说水，只是从崖边斜插下来的一道水流，于黑中拖出一道羊肠样的白线。他觉得气势意蕴俱显，足可交差。他搁下画笔，侧目看看两边，他人尚未有竣工迹象，仍埋头精工细作。韩总一干人分散各处观赏，居冯老身后者多，足见对这位画坛大佬之推崇。

一时间，坧泉觉得有些不适，担心自己的过早收笔会被主办方认为敷衍，不认真，遂重新拿起笔来增添些笔墨，端量来端量去，只觉无从下笔，又放下。最终大家陆续放下笔来，大功告成。韩总向大家道了辛苦、感谢，却又提出求一幅合作山水，说此画今后挂在会议室里，作为“镇室之宝”。这要求并不过分。于是，一张一丈余长的大纸便铺上台面，浩气顿生，不由得让人想起那句“一张白纸可以画最新最美的图画”的名言。

场面端的微妙起来，画家们自觉地向后撤步，有的撤到了墙根，吸烟者开始吸烟。所谓合作，并非悉数参与，画山水，由善山水者为；画花鸟，由善花鸟者为，当然最后如数签名。这时章樟踱到坧泉身后，悄声说：坧泉兄，说句公道话，今天应由你“开笔”才是，别人开不出气势。他不予置评，说：你要的二龙山带来了，走时给你。章樟说：好。章樟所说的“开笔”指合作一幅画作先由某人落下第一笔，有“剪彩”意味。一笔定乾坤勾勒出大的轮廓走向，余者则添砖加瓦，以成其作。一般说来，当由最具权威者担纲，而担纲不仅看艺术造诣，更多看官职和固有名望。由此而论，本次合作“开笔”非冯老莫属，章樟抬举坧泉，坧泉也晓得并非是他的誉词，比较符合实际。只说冯老，虽说也以山水见长，也写意，但工笔的写意与真正的意笔却不是一回事。若让他在丈余长的大纸上一笔勾勒出其山脉大势，只恐气魄不逮。而他，则全然不成问题。当然这些只能在心里想想，说出口那可犯大忌，要引人口诛笔伐的。

冯老还算是个忠厚长者，谦逊了一番，方提笔在纸上奋力一挥，众人一齐鼓掌。

随后就由冯老点将，从来者中挑出几位擅长山水的画家上阵。当中没有坧泉。

中午宴请，席间热闹得很，话题流转犹如蒙太奇，一会儿是社会上五花八门的传闻，一会儿又转到画界本身的一些是是非非、趣闻逸事。比如某名画家流水作业创作模式，是也非也；比如某些名家的画拍出天价，实也虚也；等等。当然也涉及目前国画创作的种种现状。坧泉不大说话，听，也走神儿，想到刚才“合作”的那幅被韩总赞为佳作的《云山雾罩》，就觉得滑稽可笑，其平庸那是一眼便看得出来的。

话题不知怎么又转到已故画家李可染身上，由李可染的逆光山水又谈及他的两位老师齐白石与黄宾虹对他的影响。对此坧泉并不以为然，在他看来，李可染最大的受益来自他的启蒙老师钱食芝，只是当代已没有多少人记得画出著名的《四季屏》的钱大师了。

这当儿，兜里的手机响了，坧泉离席到走廊里接听，是老伴儿，说晾在院子里的画丢了好几张。他问：是不是叫风吹跑了？老伴儿说：哪里有风。他说：那就是叫人拿去了，算了算了。就把电话挂了。

二

回到家，见老伴儿已将收回的画叠好，堆在画案上。他问老伴儿：丢了多少有没有数。老伴儿说：数了，晾出去五十五张，收回五十张，不就是丢了五张吗？他嗯了声，说：丢就丢了吧，有人喜欢拿回家挂挂比老压箱底强。他嘴里这么说，心里也是这么想的，他一向不把自己的画看得有多“金贵”，也不张罗着卖。只是因家住底层，潮湿，需要不时拿出去晾晒，艺术品随便往冬青上一搭，说起来有失雅观，自己不当什么，别人也就不当什么，来个顺手牵羊也在情理之中。

小事一桩。

老伴儿说：已经报警了。

什么？垢泉没听清。

老伴儿又说了一遍：报警了。

垢泉这遭听清楚了，望着老伴儿连连摇摇头说：胡整胡整，多大的事，还报警，吃饱了撑的，传出去别人也见笑。

老伴儿说：我也这么觉得，可越东……

越东？

老伴儿就讲了报警的过程，就在给坧泉打电话后不久，坧泉的学生高越东来了，听到画失窃的事，二话没说就拿电话要打 110。她拿不准，问：要不要告诉你老师？越东说：事明摆着，根本不用。就把电话打了。

越东他人呢？坧泉问。

老伴儿说：让派出所叫去了，说做笔录，做完回家了。

越东的本职工作是中学美术教师，跟他学山水画多年了，不大长进。坧泉琢磨是不是打电话问问他报案情况，想想又作罢。

坧泉打了一会儿愣怔，说句：过几天去旧货市场买个樟木箱子，防潮防虫，画就不用来回搬弄了。

中午多喝了几杯，坧泉上床睡了一大觉。醒来听见老伴儿和越东的说话声，便起身来到客厅。听两人说的是越东筹备结婚的事，女方小秦来过几回，也跟着越东叫老师、师娘，印象不错，觉得配越东足够。

坧泉望着越东说：你也太急促了，报啥警哩。

越东说：报警是正当防卫。

坧泉说：让人知道了笑话。

越东问：笑话啥？我说给小秦听，小秦说报警没问题。

坧泉说：咱的画，还没到那个份儿上，弄得兴师动众……

越东自然懂得老师的意思，反驳说：老师的画，怎么不到那个份儿上？多少懂点儿画的人都有数，只因为有……

坧泉自然也晓得越东后面省略的是什么意思，可越东是只知其一不知其二，世界上没有绝对公平的事，特别在文艺上，一人有一人的志趣，各有各的标准。就说每年的艺考，从几千人中取几十名，这几十名就是其中最优秀的？不见得。再说画家这行当，爆大名的一定是大师？也是不见得。还有，一张画儿卖几百万几千万道理何在？问题在于，这就是现实，是谁也扭不过来的事实。

他说：越东别想得太多，赶快给派出所打电话，这事让他们别管了。

撤诉？越东问。

撤诉。

越东还要分辩，让坧泉用手止住。

越东甚不情愿地打这个电话。虽听不见对方说什么，可从越东的话里能听出事没谈拢。

果然，挂了电话越东说：不行了，晚了，人家说已经立了案，报了分局，这事停不下来。

坧泉不说话了，只是摇头。

越东安慰说：老师，这事别太放心上，咱的画是有价值的，偷，就是取人财物，犯法，就应受到应有的处罚。

老伴儿附和说：就是嘛。画值钱不值钱都不是潮水潮上来的，点灯熬油……

行了！坧泉把她喝住。

越东吐吐舌头。按计划晚上要跟老师学画，见老师为这事情绪不佳，便知趣地告辞。坧泉也没留。

从此，坧泉心里总有些忐忑，好像不是丢了东西，倒是自己做了回贼。

三

到“案发”第四天，派出所来了电话，让坧泉去一趟。走在路上还寻思争取把案子撤了。进了门，人家别的不说，直接就让他看监控录像。场景熟悉，是从自家楼前摄向对面的绿化带，冬青墙上搭晒着一幅幅水墨画，虽看不清细部，他也晓得是自己的作品。很快一个穿蓝工装的男子走进画面，又径直走到“画廊”前，四下看，然后快速从中选了几张，叠巴叠巴装进工装口袋里，随之转过身走出画面。

他哦了一声。

认识他吗？陪他看录像的那个尖下巴小警察问。

嗯，认识。

他是谁？

老邱。

哪个老邱？

物业的老邱。

你认准了？

他点点头。

行了。几个警察互相看看露出释然的神情。

倒没再问别的，就叫他回去。

他没立马走，问：老邱是熟人，撤诉行不行？

尖下巴小警察不耐烦地说：不是对你讲了吗？盗窃案属公诉，受害人无权撤诉。

另一年纪大些的黑脸警察哼了声，说：奇怪得很哪，帮你找回损失的事，还推三阻四。熟人咋？他偷的不也是你这个熟人吗？

他还想说什么，尖下巴小警察向他摆摆手，说：我们忙，大叔你回去吧！

回到家，老伴儿问到派出所的情况，他告诉老伴儿，事是老邱干的。

老邱？扫楼道的那老邱？

他没回答，只在心里寻思：这个老邱也真是，喜欢画，上门讨就是，我不会不给，干吗要这样？这么想时，老邱那一抻一抻的水蛇腰以及瘦削的刀条子脸便出现在眼前。老邱来物业干活儿好多年了，管打扫卫生以及修剪苗圃。后来老伴儿也来了，带来一个三四岁很皮实的小孙子。据说儿子和媳妇离了婚，孙子留下了，由他老两口儿照顾。刚从乡下出来的孩子混在小区中一般大的孩子中间很扎眼，小脸黑红黑红，穿戴也土气，可小身板结实，大冬天不戴帽子，穿着单薄在风雪飘飞的院子里跑来跑去。每当有人提醒老邱别把小孩儿冻感冒了，老邱总是笑呵呵地说：不怕不怕，在老家还光着脚呢，习惯了……也有住户把自家孩子穿剩下的衣服送他，他总是千恩万谢。无论怎么说，老邱都是个老实人，与小偷不搭界，可……

坧泉不住地摇头。

这可咋好哩。老伴儿犯起愁来，不会把他抓起来吧？

坧泉陡然想起什么，看着老伴儿说：你下去找找老邱，叫他上来一趟，对了，叫他把画带着。

老伴儿晓得他心里是怎么想的，把画题上款儿，就是送，不算偷了，这办法好，遂赶紧出门。

没过多会儿老伴儿一脸懊丧地回来了，告诉说老邱回老家过年了。

坧泉一脸的无奈，摇头不止。

可不是，再过两天就是阴历小年了。

四

那天章樟来电话，说弄了点儿纸，送过来，忙年，不进家了，让坧泉到楼下接。

坧泉心里挺高兴。作为业余画家，用纸常捉襟见肘。“资源丰富”的章樟成了他的坚强后盾。

远远看到章樟那辆灰色帕萨特驶来，心中突然生出一个念想：刚遇上的糗事不妨让他帮帮忙，他交际广，和公安也熟，让他从中协调协调，把老邱托出来。

于是，车停下，他打开车门，坐到副驾驶位上，把事一说。章樟先是笑了，说：蹊跷事一桩啊。又说：应该没问题吧，你等我电话。他是了解章樟的，人靠谱，办事举重若轻，他说没问题就没问题了，就宽了心。

回到家，老伴儿告诉他，儿子从深圳来电话，讲不能回家过年了，小孩儿姥姥病了，一家三口要赶去郑州探望，在那里过年。他没吱声，心想：不回来就不回来，少些事还能静下心多画几张画儿。

老伴儿又告诉他派出所也来过电话。

他一下子紧张起来，问：说什么？

老伴儿说：通知咱，案子破了。

破了？他吃了一惊，这么快。

老伴儿说：盗画的就是老邱，承认了，已经从老家抓回来了。

刹那间坧泉全身僵住，舌头也僵：你，你说……

老伴儿重复一遍刚才的话。

良久，坧泉才缓过神来，想了想，把刚脱下的鞋又穿上，反身下楼，一溜小跑来到一街之隔的派出所。进门碰上那个让他看录像的尖下巴小警察，小警察正站在亲民台前和里面的女户籍警说话，认出他后欢快地说：老先生祝贺你，案子破了，嫌犯已抓捕，只是画只追回三张，另两张叫他卖了。

坧泉不关心这个，急问：老邱他人呢？

小警察拉他到会客区的沙发上坐下，说：嫌犯被关着。

坧泉问：关在哪儿？

小警察说：地下室。

坧泉说：我想见见。

小警察说：这不行。

坧泉说：为什么？

小警察晃晃脑袋：不合规定，再说见也白搭，他交代那两张画儿在集上卖了，已无法追回。

坧泉一时不知说什么。

小警察含笑望着他，说：以前不知道，原来老先生是名画家啊。

坧泉不接茬，问：你们想把老邱咋样？

小警察的脸笑开了，说：看你问的，不是我们想把他咋样，而是法院，案子最终由法院判。

坧泉说：能判刑？

小警察说：这就得看案值了。

坧泉说：案值？

小警察说：就是被盗的画值多少钱，依本案情况，恐怕嫌犯凶多吉少，要判刑的。

坧泉一惊：几张画儿就判刑？

小警察眼里露出崇拜的神情，说：老先生的画每尺过万……

坧泉意识到这过万数字是越东报案胡写上去的，便解释：没有没有，没那么高的。

小警察摇了摇头，说：人家都是往上抬，老先生却是往下压，真是谦虚啊。不过从法律上说，画值多少，最终得由专门的鉴定师来鉴定。

听到这个，坧泉略微放了心，他心里有数，自己的画从未卖上价钱，鉴定师也不能凭空往上抬。

小警察说：很希望能得到老先生的墨宝。

坧泉回句：行。

小警察连忙道谢。

坧泉想想问：啥时能放老邱呢？

小警察说：拘留是有时限的，下一步是逮捕还是释放，还得看鉴定结果。

坧泉问：年前没问题吧？

小警察说：很难讲。

坧泉有些急：可老邱一家要过年呀！

小警察眼望着坧泉说：老先生作为原告能替被告着想，难得哩。不过，这案子我们这里已不大好操作了，唯一可行的办法只有让所长去找上面催……

坧泉说：我现在就见见所长。

小警察说：所长出差了，两三天回，回来我给你打电话。

坧泉也没别的办法，默默点了下头。

小警察把坧泉送出门，在坧泉耳边悄声说句：下次来，画带来。对了，给所长也带一张，他十分喜欢。

他应承。

回到家，坧泉立刻给越东打电话，问他每尺万元是怎么回事。越东说万元确实是他写上去的，就算有水分，也可以理解。他光火了：理解啥？为咱几张画儿让人家坐牢？越东说：咱自己说值多少钱不管用，最终还是鉴定师说了算。

他无语。似乎有所安心，因为按小警察所说，请所长到分局说说，加快节奏，回家过年当不成问题。

五

就在坧泉去派出所为老邱说事的当晚，章樟打来电话，耳机里嘈杂一片，一听便晓得是在酒场上，甚至从章樟的声音里都能闻到满嘴酒气。章樟说现在他与报社文化部唐主任在一起。坧泉嗯了声。唐在搞活动时见过，但不熟。耳机变得安静，他知道章樟从房间里出来了，章樟的口吻变得神秘，说：坧泉兄你有好事了。他想：是不是老邱的事说成了？似乎不像，遂问句：啥好事？章樟说：在电话里一句两句也说不清，要不你赶过来吧。坧泉犹豫起来，赶半截子酒场是有失身份的。那头的章樟当然会想到这个，说：坧泉兄就别在意了，我也是刚知道消息赶过来的，除了唐主任，还有北京来的一位鼎鼎有名的画界大腕，大腕说今天在分局看到你的三幅作品，赞赏不已，想推一推你，也有些具体想法，你过来认识认识，一起把事合计合计，这事千载难逢……坧泉听着听着身上不由得发起热来，心也加速跳动，他明白这事确是一件难得一遇的好事，不仅对他，对任何一个尚未出头的从艺者都是梦寐以求的。既然人家抬你，有什么理由拒之不受呢？

坧泉出门，打了个的士赶到章樟所在的酒店。

在大堂，坧泉看见了在等候他的章樟和越东。越东有些让他感到意外。越东也意识到了，解释说是文艺部唐主任非拉他来不可。章樟说：我也是唐主任拉来的，与北京来的刘院长一起搞个访谈，过几天要见报。又说：我在电话里讲了，刘院长看了您的画，十分欣赏，想推一推您，机会难得，千万不要错过，不是人人都有这种机会的，一会儿多敬刘院长几杯酒，进去吧。

坧泉端的紧张起来，气有些喘不匀，惶惶地跟在章樟后面走进房间。酒至半，酒桌上气氛热烈，他认识的唐主任正兴致勃勃说着什么，见他进来打住，一边站起来与他握手，一边对坐主宾位着唐装，一派不凡气度的陌生长者介绍说：院长，坧泉来了。坧泉便走到唐装院长面前，伸出手恭敬道：刘院长您好，久闻大名。刘院长亦起身与坧泉握手，说：见画如面啊，幸会幸会。这时唐主任指指一空位说：坧老师先请坐了再慢慢聊。坧泉便走过去坐下，一时不知该说什么。倒是刘院长先开口，笑着对唐主任说：主任你接着刚才的讲。众人笑着附和：对，讲完，讲完。

唐主任笑笑说：只剩结尾了。女画家开了门，见来的是画院吕副院长，喜出望外，因为她正在谋求调画院当专业画家，连忙请吕副院长到沙发上坐了问：院长喝茶？吕摇摇头。又问：喝咖啡？吕还是摇摇头。女画家想想，从果盘里拿起一只苹果，说：院长稍等，我去卫生间把“屁股”洗洗。

满桌哄堂大笑，包括坧泉。

章樟笑说：这些年黄段子听了也不少，这洗屁股的段子最具含金量……

坐在章身边的文化记者老金说：这也不算啥，还有含金量更高的哩。

越东撺掇说：你讲个含金量更高的给大伙听听。

老金扶扶眼镜说：行，这个段子被称为史上最深刻的段子……

唐主任忙阻止，说：打住打住，今天是宴请刘院长，别跑题。说毕端起杯，举向刘院长：院长我再敬一杯，祝画界泰斗永葆艺术青春。

不敢当，不敢当。刘院长客气着一饮而尽。

这时，垢泉感觉到对面章樟瞄过来的眼神，遂端杯站起身走到刘院长跟前，说：久仰刘院长盛名，垢泉敬一杯。

喝毕，章樟说：今日是千里马遇伯乐，连敬三杯才是。

垢泉虽为难，还是听从章樟的提议连敬了刘院长三杯。

对于平时滴酒不沾的垢泉来说，过量了。

六

回到家已很晚，垢泉醉得一塌糊涂，倒下便呼呼睡去。这在垢泉很少有，弄得老伴儿很慌，不知到底发生了什么事。

其实垢泉也模糊不清，半夜醒来脑瓜里一片迷蒙：喝酒了？和什么人一起喝的？说了些什么话？自己是怎么回的家？想着想着又迷糊过去了。

再一觉就睡到窗子发亮。这是平时出门锻炼的钟点。他想起身，却行动不听指挥，身子沉沉地动弹不得。只是脑子清亮些了，像风吹走了里面的阴霾，渐渐记起昨晚的事。对了，是一个很豪华的宴会厅，顶灯像一棵倒悬的树，谁做东？当是唐主任，主客，自然是坐在唐右手那位穿红唐装、富态、印堂发亮的京城大腕，当然没人直呼大腕，而是叫他刘院长或刘主编，再就是唐手下的一干记者编辑，再就是章樟……越东……

早饭一碗小米粥下肚，坧泉完全消酒了，已能够回忆起昨晚经过的事：正如开始章樟在电话中所讲，大佬刘院长应公安分局的邀请为一件涉案文物做鉴定。这中间看到也让他做鉴定的坧泉的三幅画作，评价极高，说有两个想不到，一是想不到地方上竟如此藏龙卧虎，再是想不到一个有如此艺术造诣的人被冷落，不为人知。他很激动，也相信这位刘院长不是有意吹捧，以他的身份没有这个必要。另外从他对具体画作客观到位的评说，看出他有极高的鉴赏水平。首先，从宏观上，刘认为他的山水画呈现出一种苍茫虚远的宏大境界，具古人“念天地之悠悠，独怆然而涕下”的心境，观之让人震撼感动。在用笔着墨上，刘认为其技法虚实相生，欲露欲隐，画面墨色迷蒙，浑然沉着，呈茫茫渺渺之状，颇有天地玄黄、宇宙洪荒的初始混沌之态。特别在画作的用光上，刘更是赞不绝口，说在通篇的墨色中，或远或近或高或低地忽然出现一道或几道既现且隐的白光，这白光又像是自然山水中升腾的一股弥漫之气，灵动柔弱，飘忽不定，匠心独运，体现出大千世界无限丰富的景象，从而完成了画家对大自然的深切关照……他觉得刘真正读懂了自己的画作。

对了，后来就说到更实质方面，即如何把他“推到中国画坛应有的位置”上云。一番议论之后，渐渐形成以刘院长与唐主任的意见为主导的操作意向：首先以这桩画作失窃案为契机，报纸网络，广而告之；然后由唐主任在他的《艺海觅珍》栏目拿出一个整版做大型专访，配发画作，最后由章樟以艺术馆的名义搞一次大型画展。北京方面，刘院长也在自己的画刊上出一个专栏，刊出画作以及由他本人撰写的评论，同时以画院的名义为其办一次画展。当然这一切活动都要邀请地方和京城的新闻界跟踪报道……最后好像是唐主任说了句：坧泉兄行了，这遭行了，任何画家入了刘院长法眼，想不火都难哩。

坧泉想到这里，不由得热血沸腾，额头上的血管“突突突”地跳，他担心情绪的起伏会引起中风什么的，便起身把窗子打开，一阵夹着雪花的寒风迎面扑来，把他的脸打得生疼，但他并不回避，极目远望，他看到远处那座被画过多少遍的浮山已裹上一层银装，不见本来面目。他突然觉得，此时的大山正如自己此时的处境，被遮蔽，藏而不露，而一俟春暖雪融，便会显出自己的“庐山真面目”，他庆幸自己终于要有出头之日了。

坧泉尽力压抑着心中的激越，开始铺纸作画，是送刘院长的。本来家里的存画很多，选一张满意的题上款即可。可他执意要为刘院长新画一张，一是体现自己的感激之情，另外想努力画出一张满意之作。对了，就画窗外风雪迷蒙的浮山，以泼墨画雪景堪为一绝，可尽显笔墨功夫。对了，名字就叫《雪藏》。他觉得其中的含意刘院长一定会懂得。

画为知己者作。

正待要落笔，学生越东兴冲冲进门，连口说：恭贺老师，恭贺老师。他晓得恭贺是什么意思，没吱声。曾隐约听到越东意欲换师的传闻，似乎是与唐主任私交甚好的李颂，昨晚酒桌上见越东与李颂同时出现似乎就印证了这一点，他略略有些不快，遂提笔作画。

越东的兴致依然不减，说：有言塞翁失马，焉知非福，老师的画被盗，最终倒酿成一件好事。

坧泉停下笔来，越东的话让他兀然记起丢画的事。说起来，这事一直纠结着他，为此还去派出所为老邱开脱，可这么一件重要的事情怎么一下子就忘到九霄云外了呢？莫非是让昨晚有关前程的事冲昏了头脑？他不愿承认，可又不得不承认，许多事能骗得了别人却骗不了自己。

越东又说：早知道这样，当初应该将画值报得更高些才是。

坧泉问：怎么说？

越东说：明摆着嘛，案子一破，报上一登，案值一上，老师的身价就扶摇直上了。

坧泉不用想也晓得越东说得很实在，可由此给老邱带来的又是什么呢？是更严厉的处罚啊。想到这儿他的心不由得疼了一下。他看着越东说：这事，还得酌量酌量……

越东似乎猜出老师的心思，赶紧打断说：老师这事你可不能意气用事打退堂鼓呀，机会难得，多少人想得还找不着茬口呢。何况咱是真丢了画，刘院长对你的画评价那么高，从真正的艺术价值上说，一尺报三万五万完全可以。

坧泉没回声，心里却泛出一种很酸楚的滋味。这滋味只有像他这般总不得志、久居人下的人才体味得到。文艺界是个十分势利的地方，其状甚于官场，所以才有那么多人为出人头地而不择手段。至于自己，虽然一直备受冷落，却从未做过有失人格的事，这也是可聊以自慰的地方。只是眼下，用越东的话说是"机会难得"，要是白白放过去，也对不住这么多年自己所受的屈辱啊！要知道，如能一步迈上这个台阶，那就……

可是，老邱……他却要给自己当垫脚石了，这成吗？老邱进去了，他家的日子咋过呢？

问题是老邱确实有过错，干吗悄没声儿拿别人的画呢？画就是钱啊，不就有人把画家画画儿说成是印钱吗？最近有报道说张大千的一张画儿拍了两个亿，这画谁要偷去，怕是要用命去抵……

不说什么张大千、齐白石，也不说什么潘天寿、徐悲鸿，只说自己，画了一辈子的画，虽说没画出名堂，可艺术上是货真价实的，不然又怎能入刘院长的法眼？论卖价，越东所说的三万五万并不为过的……

要按这个价码算，老邱的确不能回家过年了……

这能怪别人吗？现在不是很流行一句人得替自己的行为负责的话吗？可他还有个孙子，想到这儿，眼前便现出那个光着头在雪地里奔跑的小男孩儿……

他叹了口气，又摇了摇头。

七

“造星运动”在紧锣密鼓中进行。相关人员各负其责，当然，重点还在坧泉本人，他是舞台上的主角。起床不久，报社金记者便打来电话，说要登门采访。坧泉记起，昨晚议论时唐主任谈到这个步骤：报纸先发一篇坧泉从艺之路的文章，为窃画宣判后大张旗鼓地造势做铺垫，文章由金记者采写，所以金记者就来了电话，真有点儿皇帝不急太监急的意思。他刚要对金说到家里来，可扫一眼促狭凌乱的房间，又改了口，说：金记者你看这样好不好，找个地方请你喝茶，边喝边聊吧。金记者说：也行，地方……坧泉说：你选一家离报社近的，我打车过去。金记者说：行，就报社对面的“高地咖啡”吧。他说：好的。放下电话，对老伴儿说：给我拿一千块钱。老伴儿问：喝茶还用拿一千？他说：一谈就到饭点了，能叫人家空着肚子走？老伴儿没再说什么，进屋拿钱，他则从箱子里拣出一张画儿，题了款。

果如坧泉所料，在高地雅间边饮边聊，话匣子一打开便收不住，就真的到了饭点。坧泉说：咱转移到饭店吧，边吃边聊。金记者说：不用转移，这里有套餐吃吃就可以了。先干正事。他说：好，就改日另请。

说起来，坧泉是有生以来头一回接受采访，郑重而认真，沉浸于往事，似乎重走了一回从艺之路，酸甜苦辣，百味杂陈。金记者边做记录边发出感叹：没想到坧老师为艺术付出如此艰辛努力，可谓精诚所至金石为开，再不成功就不对了，就太不公平了。坧泉唯苦笑笑。

采访毕，金记者收起本和笔，感叹说：坧老师，如果我以后能成为一个作家，就以您的艺术人生写一本书，名字就叫《水墨人生》，还可以改编成一部同名电影剧本。当然，这是后话。我今天回去先把这篇访谈写好，争取早日见报。

分手时，金记者对坧泉的赠画感激不已。半玩笑半认真说：有坧老师的这幅画儿，今后就无断炊之忧了。坧泉笑笑，说：哪里哪里，高抬了。不由得想起那天在酒桌上人们说及最大面额的人民币为何，有人说是张大千的画作，面额为亿。心想：不晓张大师画一幅画儿要多长时间。但可以肯定的是，一台印钞机在相同时间是印不出过亿人民币的，所以才有那么多画家谋求把自己变成印钞机嘛。这才有了犹如流水式作画的行艺之奇观。

回到家，老伴儿告诉坧泉越东刚走。他问：来干啥？老伴儿说：拿画。他一怔：拿画？老伴儿说：他讲要协助章樟搞你的画展。他问：拿去多少？老伴儿说：挑了一大卷，我要数数，他说不用数，说等挑剩下了再送回来。坧泉火了，嚷道：我的画展他挑画？他要有这个本事早就成手了。老伴儿问：那咋办？他摇头，事已至此又能咋办？也只能哪天赶到艺术馆把把关。自己是首次正儿八经地搞个展，决不能马虎从事，坏了自己的“门市”。

坧泉从来没像今天说了这么多的话，何况还回顾了自己的从艺坎坷路，一时心绪起伏难平，觉没睡着。起床后头昏昏沉沉，这时接到章樟电话，讲刚看完越东拿去的画作，觉得件件是精品佳作，难以取舍，所以想干脆将画展的规模做大，时间尽早为好。坧泉说：知道了。章樟说：我让越东多带些宣纸给你，保证供应，这不仅是你个人的事，也是整个画界的事。还有什么需要的尽管提。他说：好。

刚放下电话，章檀又打回来，说：忘了说，今晚冯院长宴请刘院长，冯院长希望你也参加。他想想说：算了，我就不参加了。当是章樟体谅他的心情也没强劝，说：那就随你了，我和冯院长讲你在赶画。他笑笑，心中有种前所未有的熨帖。

赶画，从字面上领会是赶进度，与艺术上的精益求精相悖，结果是粗制滥造。而对坧泉而言并非如此。大泼墨需要的是一种雷霆万钧的气势，洒脱，精雕细刻倒出不来想要的艺术效果。坧泉自深得要领，不用一个时辰，便“赶”出一幅画儿来，端详端洋，不仅不失水准，反倒情趣盎然。这便是所谓的“得法”，“得法”方能事半功倍。

画到半夜时分，坧泉便收笔了，共画了三幅，凝望着不由得想起有关“印钞机”一说，若按刘院长估价拍卖，可进项近百万。一个百万富翁就这么在须臾间产生了。他摇摇头，觉得不可思议，这是从前想都不敢想的事，今天变成现实。“时来运转”一词便油然升上脑际，荡出的是功成名就的惬意。他轻轻嘘了口气。

八

早晨醒来，坧泉一如既往地背着宝剑前往街心花园锻炼。

届时“剑师”老尚一招一式正练得起劲儿，见他到来，停下来报喜说：有喜有喜，老垢你上报纸了。他怔了一下，本是知道的，却没想到会这么快。老尚由衷说：老垢你行了，这遭行了。他缓过劲儿来，问：老尚你看报纸了？老尚说：看了，有文章有画，一大版。他哦了声。心情激动，急于目睹，可又不想让老尚将自己视为“小庙神”，遂摘下剑套，亮出宝剑操练起来。而注意力不集中，也不断受到“剑师”老尚的指正。

回家路过一书报摊，一摸口袋空空如也，才记起平时口袋没装钱的习惯，摇头苦笑笑，本想从摊上找到报纸先睹为快，可又怕引起那老黑着一张脸的老女人的反感，便缩回手，匆匆回家，一进门便对老伴儿吆喝句：你赶紧去报摊买今天的早报。老伴儿问：登了？他说：登了，多买几份。老伴儿问：买几份？他说：十份吧。

老伴儿刚出门，便陆续接到几个熟人的电话，无一例外都是说看到了今天的报纸，替他高兴，衷心祝贺。当然其中也有向他索画的，他含混地应着，心中却晓得自己的画再也不能像从前那般随便送人了。

老伴儿兴冲冲地抱着一摞报纸进门，说：摊上只剩下八份，我全买回来了。不够，我再到别处去买。他顾不上回答，快速翻起报纸找到了登他访谈的那一版。首先映入眼帘的是自己的照片。看背景是那天在咖啡馆金记者拍的，专职记者拍的就是与常人拍的不同，拍出了神采与艺术气韵，也显得年轻了许多，心中很是满意。接着再看访谈文章，金作为文化记者，还是懂画的，在概述了自己从艺道路之后，便着重分析了自己画作的不同寻常之处。他认为是颇有见地且符合客观实际的，心中又添一层满意。最后又把目光投射到刊登的那幅叫《秋韵》的画作上。有句话叫“人怕上炕，画怕上墙”，意思是说新媳妇上了炕，新画挂上墙，是不遮丑的，缺陷能看得一清二楚。不过他觉得画印出来就不同，不仅遮丑，还能增加若干成色。说起来惭愧，他一直没有出画集，像自己这种情况画集都要自费出，很昂贵。当然，自费，贵，不代表没人出。这些年他所熟悉的不少画家都忙着出画集，甚至重复出，然后见人就送。他也收到过许多。可没人不清楚画集是拉“赞助”出的。在圈里混，他本人亦未完全脱俗，也希望能出一本，以壮行色。可一想到要觍着脸拉“赞助”就很犯愁，便知难而退。当然那是从前，现在似乎不存在这个问题了。他思忖等展览一结束便做这件事，并且要在人美社出。

手机振铃，接起来是金记者，他兀地意识到电话是应该自己打过去的，疏忽了。他刚要对金解释，说自己正要打过去，又觉得太虚伪，迟疑间金记者已开口问：坧老师看到今天的报纸了吗？他赶紧说：看到了，看到了，很好很好，谢谢谢谢！金说：坧老师太客气了，以前是我们的严重失职，有眼不识金镶玉，差点儿坐失了一位大师。他赶紧谦虚：哪里哪里，金记者过誉了，不敢当不敢当。金说：怎么不敢当，要当仁不让！昨晚冯院长宴请刘院长，您没去，整个晚上都在议论您。冯院长当着刘院长的面，检讨了他本人以及本市美术界的工作过失，作为美协主席，冯院长还提出尽快增补您为市美协副主席。刘院长表示赞赏，说回去便提议增补您为中国美协理事。坧泉一边听一边想：真是饽饽往肉里滚啊。遂想表达一下自己的感激之情，一时又不知怎么说。金继续说：今天这一版只是初步介绍，下一步要持续不断地推介坧老师的艺术成就，像一个系列工作那样有计划、有安排，每一步都要做到稳准狠，特别是在法院做出判决之后，要立即跟进大造声势，不鸣则已，一鸣惊人。坧泉插不上嘴，只有不断道谢的份儿。

扣了电话，坧泉半晌才缓过劲儿来。一切来得竟如此快如此迅猛。他知道单凭市美协副主席与中国美协理事俩头衔，已是对自己多年辛勤耕耘的奖赏了。他觉得应该给冯院长打个电话，表示对他的感谢，又想到自己并没有冯院长的电话，也只能等越东来向他问询。他相信越东与冯院长有联系。

这是多年来坧泉家最热闹的一天，从前家里的电话像个哑巴，而今天铃声此起彼伏响个不停。正所谓“多年艰辛卧默谷，一夜声噪炒上楼”。

接近中午，耳机里传来颇有些耳熟的女声：老师您一定把我忘了吧？他一下子对不上号，啊啊着。对方赶紧自报家门，说：老师我是您教过的学生，卜莲啊。卜莲？老师我是卜莲。他记起来了，卜莲是他在一个美术班教过的中学生，后考进外地一所大学，中断学习。印象中卜莲生得美，亦有美术天赋。他问卜莲：做什么工作呢？卜莲说：律师。他问：还画画儿吗？卜莲说：画着玩儿吧。又说：在报上看到对老师的介绍及作品，很为老师骄傲，改日请老师吃饭，我会与老师联系。他说：行吧，顺便把近期画作带给我看看。卜莲说：好的，好的。

挂了电话，卜莲的形象在他的脑海里渐渐清晰，白，清秀，一笑俩酒窝。老伴儿在旁边问：谁呀？他说：从前的一个学生。老伴儿眼里飘过一丝疑云，却也没再问。

让他没想到的是，自己没给冯院长打电话，冯院长倒主动打过来了。他正在吃午饭，听出是冯院长，很觉意外，立刻撂下筷子接谈。冯院长说：老坧，你昨晚没去，我问了问小章，说你正在赶画，不必这么紧嘛，风物长宜放眼量嘛。

他说：是，是。冯院长说：画要精益求精，别的方面也不能忽视。平时多走动走动。他说：是的是的。心里明白冯院长是怪他平时没主动向他靠拢。其实，每回在一些场合见面，他都上前表达自己的敬意，可每回冯院长都用陌生的眼光看他，嘴里啊啊着叫不上名字。就说上回的笔会，就没与自己搭一句腔。今天却……当然，他是可以理解的，更不能多说什么，只能“好好好”加“是是是”。冯院长又说：哪天到我画室，聊聊。他说：好的好的，是的是的。

接这个电话如同干了一阵儿体力活，感到身子疲软，额上沁出细汗。便坐回沙发心想：明明自己比他画得好，可怎么就畏惧他呢？有言无私则无畏，自己对他也无所求呀！他突然想起那死诸葛吓退活仲达的典故，想来在自己心目中冯院长一直是诸葛丞相，何况还活着，还大权在握。已许诺的便是增补自己为美协副主席，这把椅子可是多少画家觊觎着呢。由此想来，今后要多多向冯院长靠拢，择日去他画室拜谒，补补“拜码头”这一课。

放下电话，接着给章樟打电话。章樟正忙，说：一会儿打过来。他思忖起来：画界这湾水很深，自己还站在湾边上，不识清浑。章樟与冯院长的关系怎样呢？铁还是不铁？将冯来电话的事对他说妥还是不妥？正想着，章樟把电话回过来，他脑子一时来不及转弯，便如实讲冯院长来了电话。章樟哦了声，他又说冯院长让自己去他画院的画室一趟。章樟说：去嘛去嘛，人家这是高姿态，得接着。又说：就要过年了，干脆到他家里拜个年吧，以前你给他拜过年吗？他说：没。章樟说：正好，拜年拉近些关系，你现在也需要。他说：章樟你和我一起去。章樟说：这怎么行。他说：这有什么不行？章樟说：拉帮结派不是？他说：这么严重？章樟笑笑。

九

晚饭坧泉吃了几口，便撂下筷。坐在沙发上看电视，屏幕上的人动来动去，至于演的什么，一概不晓。

甚至连门铃响也未听到。

来人是老邱的老伴儿，让坧泉两口子着实吃了一惊，却也能猜到这女人来做什么。

果然，老邱的女人声泪俱下地替她男人告罪求饶，说："老东西"一时糊涂犯了错，打他骂他罚他都应该，可千万不能让他去坐牢，他一走，小孙子就没人养活了。

不待坧泉两口子做出反应，那女人把带来的地瓜花生芋头等农产品放在地上，然后又从怀里掏出一个大信封，双手恭恭敬敬递给坧泉，哽咽着说：坧老师，俺知道你的画金贵，可让"老东西"贱卖了，钱还不起，你看能不能用这顶一顶？

坧泉迟疑地接过，先看信封，上印"牟西县姜家镇完全小学校"字样，又从里面掏出那"顶一顶"之物，展开，是两幅国画。他眼前端的一亮，随之便认真地端详起来：上面的一幅画的是山水，画名竟然就叫《山水》，一道浓黑的、长满林木的山梁在画面中呈S状，上接云端下接溪流，宛若一条逶迤隆起的龙身，气势壮阔，缥缈虚静，而山梁折腰处所形成的两处“留白”，更显虚中有实，无中生有，可谓自然天成。坜泉看出，画者对笔墨的运用，并不执着于中国画传统技法的规范与格式，而是以气使笔，以情运墨，挥洒自如，尽显泼墨山水的水染墨笔，具杳渺幽冥之艺术追求……另一张是一幅写意花鸟，名曰《芦雁图》，打眼一看，画中有任伯年的影子，再看又有王雪涛的踪迹，当仔细端详了，又觉得像吴昌硕了。于是他就晓得画者一定是对上述大家进行了认真地习学后又另辟蹊径，正如一位李姓大师所讲：用最大的功夫打进去，再用最大的功夫打出去。一进一出，犹同淬火。就是说，其笔墨形式、艺术技巧，虽源自古人先贤，却也远离其文人的儒雅、闲适与古意，而彰显出现代花鸟精神，这幅《芦雁图》虚实相间，意境幽远。雁在水中栖，无水见水；芦在空中摇，无天见天。老到中见出童真，简约中见出深邃……

看完这两幅画儿，坜泉默言不语，内心受到极大的冲击，赏画他不是外行，也不存门户之见。十分客观地说，画者是一高人，在自己熟知的圈子里当无人可及，那幅泼墨山水起码是在自己之上，而那幅花鸟章樟亦只能望其项背……

老邱女人带着哭腔，小心翼翼问：老师，你看这画顶不顶得成？

坧泉心中自有答案，却不便道出，他再看看画，没见到题款，遂问：这画，谁画的？

是“完小”的王老师，俺儿跟他念过书。老邱女人回答。停停又说，是这么回事，那天王老师到俺村走亲戚，听说“老东西”犯了事，回去让人送过来这画……

坧泉问：这画，是……王老师画的？

老邱女人点点头。

坧泉问：王老师画画儿多久了？

老邱女人说：好像从小就画。

坧泉又问：老师是谁？

老邱女人摇摇头。

坧泉再问：王老师在你们那儿是不是很有名？

老邱女人摇摇头，说：有个啥名，退休就在家里种地，也养蚕……

坧泉问：种地？养蚕？不画画儿了？

老邱女人说：先得养家糊口，要是过年过节，有人要，也画……

坧泉眼前就现出想象中的那个乡村画家王老师：小个儿，干瘦，花白头发，清亮的眼睛里透出隐隐的儒雅……

老邱女人哽咽着说：王老师是好人哪。

坧泉的心被刺了一下，想：说王老师是好人，不就等于说自己是孬人吗？这是他所不能接受的，在漫漫人生中，做好人不做孬人，恰恰是他对自己不含糊的告诫，且努力身体力行，而唯在老邱这码事上，自己像中了邪魔般，要不是王老师的“横空出世”，或许真的就将老邱当成自己“向上”的垫脚石。王老师在关键时刻给了自己一击，他端的有些后怕，也不胜感慨：同样是一画作，自己的与王老师的，两者竟充当了两种角色，一为加害，一为救赎。呜呼，他从未细想所谓的“艺术”，竟然会有如此迥异的面孔，以及完全不同的“担当”。

坧泉长叹一声，多年压抑在胸中的积气亦一丝一丝从口中吐出，一下子变得敞亮通透。想：有言“小隐隐于野，大隐隐于市”，而对于这位乡间画家王老师而言，事情却是倒过来的，隐于山野沟壑，安于清贫，不与世人争短长。与其相比，自己于艺于品都望之不及啊！

十

早晨起来坧泉匆匆往派出所赶。昨晚受老邱老伴儿登门哭求的触动，还有王老师对自己的冲击，翻来覆去睡不着，好不容易睡着了也睡不沉，一连串的梦。有一个竟然梦到“犯人”老邱，在一个陌生地场，说不上是乡下还是城边儿，老邱与一伙儿人在搬运建筑材料，钢筋水泥砂石什么的。他意识中似乎记得老邱已进去了，眼下是在服劳役。他有些心虚想躲，不料老邱已看见他了，停下手中的活计望着他笑，他觉得怪怪的，落到这般田地还笑得出来吗？他问句：老邱你在这儿挺好的吗？老邱连连点头说：好着呢，好着呢！干活儿不累吃饭不要钱，还净吃细粮。他问：有肉吃吗？老邱说：有肉还有蛋，还有各种蔬菜——白菜、萝卜、茄子、茭瓜、芹菜、土豆、黄瓜、洼菜、芸豆、胡萝卜、韭菜……老邱不厌其烦地汇报在里面能吃到的菜，一副心满意足的模样。当说到有时还能吃到鱼、蛤蜊时，他醒了，老邱不见了，奇怪的是，他竟闻到煮蛤蜊的味道……

派出所刚上班，男女警察在打扫卫生，看到垢泉一齐绽笑脸打招呼：大画家来了。他心想：当是都看到报纸了。他礼貌地呵呵着，这时那位小警察朝他走过来，问：大爷还是为那案子吗？他说：对。小警察说：还是先前情况暂没变化，犯罪嫌疑人在看守所，检察院正在起诉，反正案子不复杂，过不多久就会判下来的。

他没说什么，只把手中的一份材料递过去。小警察展开看了看摇头，说：大爷您真执着呀，非要把画价自定为每平尺百元，这又何苦，不是自己和自己过不去吗？

垢泉不说话，只是望着小警察不停张合的嘴巴。

小警察说：大爷这么说吧，事情晚了，司法程序启动便不可逆转。当然，材料我们可以转过去，但不会起作用。

坧泉试探着问：自己的画自己不能定个价?

小警察笑着点点头：应该是这样的，比方厂家生产出商品必须物价局定价才是。

坧泉问：定十块，厂家卖一块不可以?

小警察说：在市场上可以，在法律上就不可以。

坧泉摇摇头：我给弄糊涂了。

小警察说：大爷，你找个律师咨询咨询吧。

哦！他想起了学生卜莲。

尽管是坧泉主动约卜莲，卜莲还是坚持由她请老师。在一家西餐厅，卜莲的说法是给老师换换口味儿。不要总是鲁菜、海鲜老一套。坧泉接受，但坚持牛排要八九成熟。卜莲笑笑问：酒呢?坧泉说：张裕吧。他不想让卜莲点昂贵的洋酒，况且自己一直爱喝老家的张裕。

上来了沙拉、冷盘，卜莲便端杯向坧泉敬酒，等菜的空当，卜莲拿出自己的画让坧泉过目。两幅皆山水，坧泉交替地端详着，后把目光停留在卜莲靓丽的面庞上，心里就想：人嘛，正应了那句女大十八变，越变越好看的话，盈盈成熟女人的美。画呢?却是停留在学生时期的稚嫩，没多大长进。便问卜莲：这些年一直画吗？卜莲说：当然是工作为主了，挣饭钱，业余时间画画儿，也写写小说，还发表了好几篇呢。坧泉说：还是先当个好律师吧。卜莲羞涩地笑，说：明白老师的意思了，自己的艺术天分确实不够。坧泉说：天分够不够另说，主要是一心不可二用。卜莲说：讲起来还是天分欠缺。看有些大作家，不仅文章写得好，国外国内得奖，还能画一手好画，写一手好字。听说有位作家出名后，一幅字拍了上百万呢，不是天才是什么？坧泉摇头笑笑：那是名人字嘛。卜莲说：老师的意思是卖的不是艺，而是名。坧泉说：讲句不客气的话，卖的也不是名，而是脸皮。卜莲发笑：就凭老师这句话，等哪天小卜在某方面出了名，当了大咖，绝不卖萝卜带大葱。坧泉亦笑，说：所以就有那句鼻子里插大葱——装象（相）的话嘛。卜莲直笑，说：老师挺幽默的嘛。

上来了牛排，光摆弄刀叉就够忙活的了。坧泉虽然多次吃过西餐，可记不住刀叉哪儿左手哪儿右手，只能胡乱用，一会儿左，一会儿右。卜莲看在眼里，并不纠正，见老师最终放下刀叉，问道：老师今天接见学生，一定是有什么事情吧？

坧泉抽张餐纸擦擦嘴，然后从头至尾讲了自己与老邱闹出官司的事。

卜莲听罢笑说：嚯，这真是有特色的故事啊，可以写小说，也可以拍电影。

坧泉苦笑，不吱声。

卜莲归于严肃，说：如果我没猜错的话，老师是请我做你的律师。

坧泉摇头。

卜莲问：那是什么？

垢泉说：我想咨询几个问题。

什么问题？

垢泉又把眼前他纠结之处对卜莲讲了。

卜莲听了思忖片刻，说：老师的意思明白是明白了，可有点儿不太理解。老师得到这么一个千载难逢（越东、章樟也用的是这个词语）的机会，就真心想放弃吗？

垢泉说：放弃，不甘心；不放弃，又不忍心。如今我和老邱好像在压跷跷板，我升上去了，他跌下去了。这一跌，他家的日子就没法子过了。

卜莲说：老师善良啊。

垢泉说：不是善良，是老邱太苦啊。

卜莲叹息说：一回事啊。

垢泉不语。

卜莲端起杯：老师我敬您！

干杯后卜莲说：就案子本身而言，老邱是应担责接受处罚的。公安、司法方面也都是依法行事，没有问题。从法律角度讲，北京专家受托评估，无论高了还是低了都是量刑的法律依据，这也没有问题。论来论去，问题在老师这里。当律师这么多年，还是头一回遇到这种情况呢。

垢泉依然不语。

卜莲继续说：当然，我听老师的。老师有什么想法我努力帮您实现。

垳泉点点头，说：我上交了一份材料，说明自己的画值只有每尺百元，希望法官采纳，你说有没有可能？

卜莲说：没有可能。个人报价不能成为法律依据。

垳泉想起小警察的说法。作为律师的卜莲也这么讲，看来情况真是这样的。他像问卜莲也像问自己：那还有什么办法呢？

卜莲说：老师你也不要太纠结，说到底，这事你没有责任，责任在老邱，不是有句话叫人要为自己的行为买单吗，老邱就是，受刑罚是怪不得别人的。

垳泉记起越东和章楦也说过这样的话，可……

他说：问题不在于老邱是否有罪错，而是到底有多大的罪错，说到底，不就是几幅画儿吗？我呢，是没错处，没责任，可事实上我与老邱形成了一种水和船的关系，水涨船高，画值越高，老邱越倒霉。这，怎么能说和我没关系呢？

卜莲叹了口气，说：反正挠头的事叫老师给遇上了。

垳泉问：卜莲，你遇上又会怎么办？

卜莲思忖一下，然后说：也许会把艺术前程放在首位吧。

垳泉摇摇头：我不信。

卜莲说：我承认自私，但也有理智，凡事有个限度，或者说有个合理性。

合理性？

是啊，凡事有个限度，比方说做慈善，量力而行为合理，裸捐便不合理。亿万富翁捐一千万合理，穷人把仅有的一百元捐出去便不合理。电视上报道一独居拾荒老人，住地下室，吃冷饭，将全部辛苦钱捐献于人，便不合理。媒体评选老人为道德模范，可自己咋不往道德高地上冲呢？

坧泉说：我明白你的意思，如果我放弃个人的一切为老邱着想便不合理，是不是？

卜莲点点头，说：我是这么认为，不过，也可以在这个基础上再找出一个双赢的办法。

双赢？我赢，老邱也赢？

对。

有这种可能？

应该有。我回去看看法律条文，再咨询一下同事，看有没有两全其美的办法。

坧泉吐出口气，说：这样，当然最好。

分手时，坧泉拿出自己一幅画儿赠予卜莲。卜莲端详着爱不释手，嘴里却说：老师以后不要再随便赠画了，知不知道这是一张几十万的大票子哩。

坧泉笑。

卜莲说：老师别笑，如今画值是硬道理。谈到某一位画家不谈其艺术造诣如何，而是一尺卖了多少万。

十一

春节说到就到了。大年初一，坧泉起床匆匆吃了几个饺子，便穿衣准备去冯院长家拜年。可没等出门，来给他拜年的人就把他堵住了，出不去。多是画界熟的和不太熟的人。当是要火的消息不胫而走，人气看涨。这也在情理之中，应了那句“穷在闹市无人问，富在深山有远亲”的话。这让一直备受冷落的坧泉有了一种新感受，名利名利，除了实实在在的利益，还有让人心里舒畅的尊崇呢。不是说人的几大需求中就有被拥戴的愿望吗？所谓前呼后拥威风八面，就是这种情感需求嘛。

傍晌时，章樟来拜年了。这也是前所未有的事，让他感动。章樟说他去了冯院长家，院长听说坧泉要去十分高兴，说上午拜年的人太多，没法说话，就下午去好好聊聊。坧泉说：好的，知道了。心里也很感动。知道已被当成一个人物，很是欣慰。

山水居，冯院长位于风景区的居所。临海背山，叫“山水居”恰如其分，亦被本地画家称为“山水沙龙”。按图索骥，坧泉费九牛二虎之力才找到。

敲门后，冯院长年轻的夫人程姐客气地将他引入客厅。没见冯院长，程姐说：上午来人太多，老冯累了正在休息。

他说：别叫，我等着。落座后他扫了眼头回光临的“沙龙”，空间宽阔，落地窗户，窗外一片汪洋大海，阳光下波光闪闪。厅内一色的红木家具，古香古色，足足的高贵文雅气派，然而这价格不菲的物件儿在实用上远比现代家具逊色，比如沙发，怎么都觉得硌腚不舒服。那年在北京参观故宫时看了皇帝的龙椅，第一感觉是皇帝坐在上面肯定受罪。客厅隔断的博古架上，摆着各种瓶瓶罐罐。时下古董造假炉火纯青，真品赝品一般人是看不出来的。坧泉不是这方面的专家，也就不细究其真伪了。

他发现密集挂在墙上的国画全是冯院长本人的作品。这“奇观”让他有些诧异，出于礼貌，他站起来一幅一幅观赏。这是一个山水的世界，多为泼墨。出于本身的造诣，他一眼便看出这些画作致命的难以藏拙之处：雷同，构图的雷同，笔墨的雷同，尽显画者文化趣味的狭隘守旧与才气的疏浅干涸。其实，中国画的墨守成规早在几十年前便被诟病，所谓名家名作，不外乎风格的千篇一律与题材的老生常谈。他十分欣赏的林风眠曾一针见血指出“国画几乎到了山穷水尽，几无出路的局面”。再早康有为、陈独秀也对传统中国画提出改革观点，而徐悲鸿所作《中国画改良论》把矛盾直指一味模仿、陈陈相因的明清正统派画风。直至今日，很多画廊依旧是山水、花、鸟、梅、兰、竹、菊、荷花、牡丹、古装人物的天下，只重笔墨不重内容的所谓“文人画”风行一时，给人造成中国画就应当如此画的现状。对此，吴冠中一句“笔墨等于 0”的呼喊，尽管有些矫枉过正，却也正中国画得意于笔墨而忽略灵魂的要害。而一向以“文人画”自诩的冯正如此，他觉得冯是不应将这些画摆在一起的，这反而集中暴露出画作的短板。另外他觉得冯在艺术上是墨守成规的。当下的作品与多年前的作品看不出有多大差别，即使有些许改变也显得那么僵硬，装腔作势，并非从心灵里自然流出，自然便缺少感染力。“只要功夫深，铁杵磨成针”，这话对艺术而言并不真切。

这几幅是近作。有人在他身后突然发话，他吓了一跳，回头看是穿着天蓝色睡衣的冯院长。冯还没放下的手指着右手的一处墙壁。

啊……冯院长，过年好，过年好。坧泉未忘“初心”，赶紧恭敬地向其拜年。

过年好，过年好。冯院长说。语气平淡，让坧泉听不出是讲他自己过年好，还是问他过年好。

他踱到冯院长所指的那几幅画儿跟前，认真地端详着。他依然没看出“近作”与“远作”有什么差异，差异仅在于墨迹是新是旧。而嘴里说出来的是：很好，很好，院长。

除了“很好”，他确实说不出其他赞美之词。

艺术的生命在于创新。冯院长说。

院长说得是。他边看边点头，心里却想：话是不错，恰恰你在这方面是短板。

老冯，电话——唐主任拜年。冯院长夫人的声音。

知道了，就说我在会客。

“会客”是在冯院长的画室里，说法是这里清静。

让坧泉惊讶的是乒乓球桌大小的画案也是红木的，厚重、敦实、典雅。

他心想：往少处说也值几十万的。而他全部家当怕也不值这个数。

画带来了吗？坐下后冯院长问。

带来了。坧泉说着从衣兜里掏出一个大信封，递给冯。冯并不打开看，放在一边，说：全国美展开始征集作品，我准备推荐过去，这回怎么也得让你得个奖。

谢谢冯院长。坧泉说。心想：画没看就许诺奖，看来有这个把握，冯的几个徒弟都是获奖画家。

上午，文联马书记来拜年，讲年后美协换届，我们对下届班子做了磋商，我提议你为副主席人选……

可，可我还不是理事呢。坧泉说。

增补你为理事。

增补？什么时候？坧泉问。

冯院长笑笑：不就是刚才嘛。

刚才？

当然，还要和马书记和主席团成员打声招呼，相信不会有人反对。

哦。坧泉明白了。明白从现在开始，自己已经是美协理事了。这还不算完，换届后就是副主席了。他问：下一届院长还继续担任主席吧？

不干了，到点了。从画院院长和美协主席二职上全退下来。冯院长说，给年轻人让路。

章樟也说过冯这次要退的事，因与己无关，没在意。现在就有所不同。他问：那由谁来接任呢？

还没定。

哦。

不过倒有两个热门人选，终是二选一吧。

哪两个？

画院副院长山梅，和美协副主席吕谦。冯院长交底说。

他知道，女画家山梅原是中学美术老师，冯院长弟子兼情人，冯将她调进画院并提为副院长，这是公开的秘密。油画家吕谦是文联马书记的表弟，也就是上回饭局“洗屁股”段子的男主角。坧泉在心里想：这二人各有各的背景，当有一拼。平心而论他倾向于“洗屁股”胜出，吕的油画在本市算是矬子里拔将军。

你觉得哪个合适呢？冯院长问。

这时院长夫人端来了茶水。

坧泉说：谢谢。

待夫人退出后，坧泉说：这两个人各有所长，都可以。

冯院长不语，笑笑。

坧泉说：从画种上说，画国画的山梅院长更具代表性。当然，只看上面怎么定了。

冯院长说：上面定，也得听取大家的意见吧。

是。坧泉说。

冯院长呷一口茶说：美协主席一职，虽不是多大的官，可对繁荣本地区美术事业至关重要，所以画家们十分重视，希望能把自己心仪的人选推上去。

是。坧泉说。心想：院长心仪的自然是山梅了。

冯院长说下去：听说有不少画家酝酿给市里写信，表达自己的意见。

坧泉虽不谙官场，对冯院长的这番话也是领会的，希望他能与“大家”一起给上级写信，顶山梅。山梅一旦上位，就可以成为冯的代理人继续把持画界。他与山梅交流不多，只知道这女人在画界的口碑不佳。章樟每每提到她便一脸的不屑。不过，冯既然当面对自己表达这个意向，是应该应承的。冯这样直接顶自己的情人，说明已不把自己当外人，何况人家已表示让自己担任副主席嘛，这是颗大桃子，投桃报李是应该的。

他望着冯院长说：院长，你不用再说了，我知道该怎么做，没问题的。

好的，好的。冯院长笑笑问，你与山梅打交道多吗？

他说：不多。

那么，过几天找个时间一块儿坐坐，算正式认识。这样对今后你们在班子里步调一致有利。

好的。坧泉应着，心里不免有一种莫名的感动。他站起来，紧紧握着冯院长的手，说，院长有事尽管说。

这回轮到冯院长说：没问题，没问题。

又聊了一会儿，坧泉告辞了。出了山水居，他一身轻松。

十二

元宵节这天，文联艺术部举办迎新春书画笔会。这次坧泉成为受邀画家。正准备前行，章樟来电话问他：今天干什么。他说：参加笔会。章樟说：不要去。他问：怎么回事？章樟说：该端端架子了。他一下子明白，想到从前受到的怠慢无视，心里确实不舒服，说：我听你的。章樟说：这就是了，从今往后不能随意听他们的摆布。

挂了电话，他给文联艺术部的小王干事挂电话，告知有事不能参加笔会了。

想想觉得还是章樟是自己的知己，处处为自己着想，当是自己永远的朋友。

他陡然想到，正月初一给冯院长拜年，冯曾对他数列了增补副主席人选的意向，其中没有章樟，当时他曾想问一问，又觉不妥。虽说最后冯院长叮嘱他对所说之事保密，还是觉得不该瞒着章樟。他本以为这回换届自己有“戏”，却是误判，须让他面对现实，以免到时被动。他又给章樟把电话打过去，章樟问：还有什么事吗？他说：是，咱见见。章樟略一停顿，问：急不急？他想想说：也不急。章樟说：为儿子考公务员的事要跑北京一趟，也就三四天，回来我给你打电话。

章樟却不是回来后给坧泉电话，而是在北京时打过来，说去拜访了刘院长。院长又说起你的画，大加赞赏，还说让你一定对自己的画艺有信心，认识到自己的真正价值。说他没必要空抬你，也不想当伯乐。还说回去后把你的画给几个画界权威看了，一致看好，英雄所见略同嘛。又说美协很快也要换届，争取推荐你为理事。坧泉说：我还不是美协会员呢。章樟说：这我对刘院长讲了，他说无碍，会员理事一步到位。对了，你赶紧整理一份艺术简历，给刘院长发过去，我这就把他的电子邮箱发你手机里。

坧泉说：好的，好的。心里却想到刘院长说会员理事一步到位，冯院长说理事副主席一步到位，从前觉得遥不可及的事情，怎么一下子变得如此简单？

接着电话铃响，接起来是卜莲。卜莲说：几项有关事项已弄清楚，一是法律程序启动后，是很难停下来的，公诉刑事案件更是如此；二是个人出具的画值证明不能作为法律依据；三是如要推翻鉴定师给出的鉴定意见，要有充分理据，再由检察机关委托新鉴定人。总而言之，操作起来是很困难的。

垢泉无语。

卜莲又说：这种严格对老师来说不见得是坏事。

垢泉说：我知道这个，可这种严格对老邱是不公平的。

卜莲说：单纯从法律角度上讲也没什么不公平的。画值多少并不能改变他行为的性质。况且老师的作品——对了，我已将老师的作品发给一画家朋友，又请她发到她的画家朋友圈，请大家评估，结果意见一致。

多少？

与刘院长所见略同。

哦。

所以老师在心理上一定要加以调整，不要低估自己的艺术，也不要老觉得自己对不起老邱。

可……

若老师不能走出这种心理阴影，也可以用另外的方法来弥补呀。

弥补？怎么弥补？

在经济上帮助老邱。老师一旦找回自己的真正价值，这一点应不成问题。

他没吱声。其实也想到这一层，年前老邱老婆到他家求情，临走他让老伴儿拿出三千块钱给她，老邱老婆坚决不要。不过，要是老邱真的被判刑，自己是一定要帮的。他说：这是必须的。

卜莲说：堤内损失堤外补，各得其所。

老邱坐牢，我替他养家。坧泉想，这也许是一个折中办法了。小卜的说法是双赢。

卜莲说：老师，我也不愿当局外人，可以尽一己之力。

怎么？坧泉问。

卜莲说：上回老师讲老邱的儿子工伤致残，用工方借故一推六二五，这才是老邱一家陷入绝境的真正所在，我想从法律方面……

帮老邱儿子维权？

卜莲说：是。

坧泉眼前一亮。

十三

第二天坧泉便搭上卜莲的沃尔沃车向老邱家进发。地址是从物业要到的，路是按 GPS 指示走的。一段高速下来，便上了国道，下了国道，就看到了昆嵛山下相连的两座村子：大邱和小邱。老邱家在大邱，与天津那名扬天下的大邱庄同名。天气开始还好，而后飘起了雪花。前方天地一瞬间成为作画前的白纸。坧泉又想到那句“一张白纸可以画最新最美的图画”的名言。心想：白纸不同样也可画最丑陋的图画嘛。关键是什么人以什么心态画了。这时他又想起了“完小”的王老师，见王老师也是他赴大邱的目的之一。

推开虚掩的大门，只见老邱老婆正扒在猪圈墙上喂猪。看见是坧泉，老邱老婆先是一惊，挓挲着手没说出话来，坧泉一时不知道该怎么叫她。在小区，业主见老邱两口子在院里打扫卫生搬运垃圾，要么视而不见，要么喊声老邱，对老邱老婆顶多啊啊两声。谁也不晓她姓什么。离上回见不过半个多月，坧泉觉得这女人一下子苍老了许多，眼光也有些呆滞，似乎不认识他了。这时卜莲赶紧上前，说：大娘，坧老师看你来了。倒是唤起了女人的记忆，立马慌乱起来，连声喊：坧老师，坧老师。坧泉心里悲凉，没应声，卜莲又反客为主说：下雪了，进屋坐坐吧。

穿过灶间，土炕上躺着一个三十几岁的男人，不用说就是老邱伤残的儿子了。而儿子的儿子、四五岁模样的小男孩儿，正一下一下给他爹捶腿，见有人进屋也没停下，直到卜莲将带来的食品递到面前方停止“理疗”，不管不顾地大吃起来。

这当间坧泉的心情一直是压抑的，还用说吗，阴差阳错，由于自己的几幅画儿惹出的事端，让这个本来就贫病不堪的农家雪上加霜。他叹了口气，朝炕上那与老邱有着相似脸廓的小邱道句：小邱你好吗？小邱却无动于衷。

俺爹爹不会说话了。不断往嘴里填东西的小小邱说。坧泉和卜莲将惊讶的目光投向老邱老伴儿，对方已泪流满面了。

退回灶间，老邱老伴儿边抹泪边诉说着家中的近况。年初儿媳妇从外地寄来一份离婚协议书，让儿子签字。从那以后，儿子就不再说话了，不晓得是气哑巴了还是不肯张嘴了。坧泉与卜莲相视，摇头不已。

不看僧面看佛面，就算不顾及残疾人，不是还有个可怜的孩子吗？怎么能这么无情无义呢？坧泉心生不平。类似情况电视上不断报道，多数情况是女方不管不顾地弃夫弃子，寻个人幸福，一去不返乡。如今的女人咋就变得如此铁石心肠呢？相反，男人倒不是这样，乾坤大颠倒啊！

卜莲向老邱老伴儿询问了小邱工伤情况。

果然事情很狗血：邱冬（小邱）是工地上的壮工，在脚手架上“伺候”瓦工搬砖、提水泥。那天风大，架子晃晃悠悠，邱冬将一桶水泥提上架子的当儿，失去了重心，跌落到地上水泥推车上，当场昏死过去。送到医院倒是醒过来，腰椎严重受伤，不治致残。这是典型的工伤，而那家公司却不认，理由是邱冬在架子上没系安全带，违反了安全生产条例。这条规定是有的，实际情况是，为了在架子上活动方便，壮工、瓦工在低层施工时都不系安全带，公司方睁一只眼闭一只眼，可一旦出了事故，就搬出这一条推卸自己的责任。邱冬出院后公司就不管了。

卜莲问：没去劳动仲裁部门投诉吗？

老邱老伴儿说：他爹去过，人家说是公司照章办事，没错，要自己负责。

卜莲又问：没到法院起诉吗？

老邱老伴儿说：没，都说打官司赢不了，还倒贴钱。

垳泉问卜莲：这情况……

卜莲摇摇头说：这类我们圈内人称为“小腿扭不过大腿”的案子，弱势方是很难赢的。我回去和所里讲讲看能不能代理一下。

垳泉露出宽慰的神情，说：这样太好了，一切归我。

卜莲自然明白老师的“一切”是什么意思，说：老师这不是主要问题，我也能解决。

卜莲又问了一些相关问题，记在本子上。

走时垳泉从包里拿出一沓钱给老邱老伴儿，老邱老伴儿高低不收，苦着脸说：垳老师只求你把小孩儿爷爷放出来，俺就……

垳泉悲哀地想：这恰恰是自己想做而难以做到的。

坧泉没能按预期见到王老师，王老师回家过年了，他不胜失落。

十四

按章樟的约定，坧泉来到一家店面不大的粤菜馆。章樟随后到，手提一烤鸭礼盒，特别申明不是从机场超市买的，是全聚德的正宗货。坧泉谢了，接着问儿子的事办得怎样了。章樟说：老市长同意给工行行长打个招呼，应该是没问题了。坧泉说：孩子能在金融系统工作，今后算无忧了。章樟说：一通忙活，也算一劳永逸。

如同卜莲的腔调，章樟拿起菜谱说：不要老是鲁菜海鲜那一套，换换口味，我不是南方人，倒觉得粤菜好吃。

酒下肚，章樟问坧泉有什么事急于见他。坧泉便把那天见冯院长的情况讲了。什么一步到位，什么美协新一届班子人选，当然主要是告诉章樟冯院长提到的副主席人选中没有他。

章樟淡淡地答：我知道。

坧泉有些吃惊：你咋知道的，冯院长向你透露过？

章樟笑笑说：老兄天真，他已将我排除在外，又怎会向我透露呢？

垢泉说：可这是不公平的，这些年你对本市美术事业所起的作用是有目共睹的，何况你的画……

章樟打断说：老兄只知整天闷头画画儿，对其他所知甚少啊。冯院长到点了，干不成了，自然要找自己的代理人，既包括主席，也包括副主席。换届是什么？排排坐吃果果，理所当然要分给自己最想给的人，再说这也不是冯院长一个人所能包揽的，欲施加影响的大有人在。比如主席一职，冯院长属意于山梅，马书记属意于她的表弟吕谦，各顶各的。为什么别的协会都换届了，唯独美协书协迟迟不换？书画界的人都清楚主席一职的含金量有多少。所以每回换届都争得头破血流。至于副主席也是同样的道理，现在的实际情况是，这一届共计十个副主席，将到点退下的有五人，就是说下一届只能增补五人。据说市委杨副书记已推荐了画花鸟的兰荣光，市委宣传部孙部长推荐了画山水的裘得信，这两名是板上钉钉了。剩下三个名额，不管情愿不情愿，其中一个要给你这个横空出世的黑马。

垢泉说：可没人推荐我呀。

章樟说：怎么没有？刘院长嘛，当然，刘是从艺术上看好你。

垢泉说：刘院长在北京，鞭长莫及吧。

章樟笑笑说：开什么玩笑，刘院长是排名靠前的中美协副主席、美展评委，手上还有个画刊，是很有发言权的，这个都心中有数，谁敢不买他的账？所以你当上这个副主席也可以说是板上钉钉，一点儿没问题的。

坧泉苦笑笑，说：我明白，我上，实际是影响你上的，我……

章樟摇摇头，说：不存在这个的，即使你不上，也轮不到我。

坧泉说：为什么？

章樟说：你想想，冯院长一大堆弟子，前呼后拥吹喇叭抬轿子，到了这节骨眼儿上，大佬能不论功行赏？何况这又是对冯今后的垂帘听政有利的，何乐而不为？说起来这都是可以理解的。

坧泉摇摇头：这也能理解，那也能解释，那么还有什么真事？

章樟说：别的就甭管这么多了，你我草木之人也管不了。

坧泉依然摇头不已：真复杂呀！

章樟说："庙小妖风大，池浅王八多"，这话似乎用在文艺界较恰当。

坧泉笑笑说：章樟，别忘了你也是文艺界人士啊。

章樟翻翻眼：我？我知道自己也不是个好鸟。

这时服务员小姑娘端来一盘油光光的水晶虾仁。

章樟向坧泉端起杯，说：少烦恼多喝酒，这是虾仁烹饪之最，百吃不厌，干一杯。

吃过味道足足的虾仁，章樟问：你个人是能接受冯的山还是马的吕？

坧泉实话实说：两人都不够格。

章樟一笑：已没必要说这个了，要二选一呢？

坧泉想了想说：那就山吧。

接着坧泉把冯院长让他给上面写信的事讲了。

章樟沉默了。

坧泉问：章樟，你说写不写？

章樟说：你先得有个态度啊。

坧泉摇了摇头。

章樟说：对头，这种埋汰事干不得，山是个很糟烂的娘儿们，挺她，有辱咱的人格，会沦为画界的笑柄。

这时又端来了松鼠鳜鱼。坧泉向章樟端起杯，由衷说：谢谢你，章樟。

一饮而尽。

这时坧泉的手机振铃，接起来是一个年轻女子的声音。

是坧老师吗？

我是，你……

我是文联艺术部的小周，马书记要和你讲话。

手机里换成一个老女人的洪亮声音：坧老师你好，我是马……

哦哦，马书记，有什么事？

原来外地来了一位名画家，文联晚上接待，希望坧泉参加，这是坧泉头一回接马电话，空前高抬啊，不由得向章樟看看。在一旁听得清清楚楚的章樟向坧泉点点头，坧泉领会，说：好的，好的。马又说让他在家先等着，文联去车接。

放下电话坧泉问：有必要参加吗？

章樟说：必须的。

坧泉无语。

章樟说：这娘儿们不好惹，你要不把她当盘菜，她会抓狂，这厮啥事都干得出来。

明白了。

十五

坧泉几天后接到学生卜莲的电话。先讲了邱冬工伤的事，经查有关条文，公司方是逃不掉干系的，即使不负全责也要负大部分责任，不认账就得与其理论。所里已同意由她当邱冬的公益律师，帮助维权。坧泉听了很感动，说：好的，好的。一定要帮帮老邱一家。卜莲说：还有调查了一下那家公司的背景，得知山姓老板是画院副院长山梅的哥哥。我想能不能先走走关系，请副院长做做她哥哥的工作，那么大的一个公司，不要与一个伤残工人死磕。看看这条路能不能走通，不行再走司法程序。坧泉说：先礼后兵，这样最好，不过我与山副院长不熟，搭不上话，但可以找找冯院长，让他出面协调一下。

卜莲说：好的，先这么着。再是老邱本人的官司，通过关系问了一下法院，可能很快就会判下来，这之前如没有新的证据提供，恐怕就无法逆转了。老师我看还是接受这个现实吧。坧泉说：这现实对老邱一家很残酷。卜莲说：是的，可这不是老师的过错，也不是老师所能左右的，你已经努力了，做的已足够了。另外，这也是老邱的命，合该遭此一劫，不然怎么鬼使神差地拿走几幅画儿呢？在道上混总是要还的，老邱也一样啊。老师还是前些天咱们所说的，从经济上支持老邱一家，让他们渡过难关。大河无水小河干，从这点出发，也只有老师找回自己的价值，才有帮人的资本。还有，我这边争取将邱冬工伤的事办好，也能解决些问题。

坧泉叹口气说：卜莲那就全靠你了，代我谢谢你们主任。哎，要不要送你们主任一幅画儿？

卜莲笑起来：老师，又来了，送画送画，咋的拿豆包不当干粮呢？

坧泉也笑了笑。

正如卜莲从内部得到的消息，春节后上班不久老邱的案子宣判了。由于涉案数额巨大，也由于老邱认罪态度良好，法院综合考虑判处老邱五年有期徒刑。卜莲从法律角度认为量刑还算适中，即便如此也要上诉，争取缓刑或减刑。已接手老邱案子的卜莲将这个意见同老邱本人与家属讲了，俱表示接受。这样由卜莲着手起草上诉文书，坧泉将准备的一万元交卜莲转老邱老伴儿，以解当下之需。事情进行到这一步，怎么讲都有些怪诞色彩。用卜莲的话讲，是“鱼水关系的原被告组合”。

坧泉苦笑不止。

坧泉打电话给冯院长，说有一事求见。冯院长声音透着亲善和蔼，说：好的，好的。又问坧泉，给上面的信是否发出，坧泉只能说：写好了，正准备发走。冯院长说：先不要发，带来我看看，一起斟酌斟酌。他说：好的。放下电话，坧泉犯愁了，这如何是好呢？

有事找领导，坧泉赶紧给章樟打电话，把事说了。章樟说：既然是这样，只能写一份了。坧泉叫苦不迭，说：给那女人抬轿，传出去……章樟打断说：老兄你也太实诚了，写了就非得发出去吗？坧泉哦了声，反问：这不是欺骗行为吗？章樟翻翻眼说：那冯就不是欺骗行为吗？比欺骗更下作。

二进宫。坧泉兜里装着已写好的“投名状”，手里提着老婆给配好的一份“薄礼”，进了冯院长的山水居。待冯夫人将坧泉带至沙发区坐下，依然一身睡衣的冯从画室出来会客了。冯院长满面喜色，握过手，对正在准备茶水的夫人吩咐：喝那份大红袍。又对坧泉说：此大红袍非彼大红袍也，一品便知。而坧泉却没品出此与彼究竟有何不同。

怎么样？冯院长求证。

很好，很好。坧泉说。

冯院长看了一遍材料，复而又看了一遍，思忖着说：还可以着重将她的作品的特色讲一讲，说她是男画家的豪放与女画家的细腻集于一身。坧泉说：好的，回去再加工加工。冯院长说：当主席，画界一把手，专业水平还是顶要紧的嘛，不然何以服人？坧泉连说是的，心里却很反感，想：你老冯当美协主席十年，又何曾被人服过？说这种大话，难道真不知自己的斤两？

冯院长说：除了这份材料，还可以另写一份。

啥？另写一份？坧泉吃惊不小。

不是有人挺那个画油画的吗？

坧泉明白所指的是那马书记的表弟，他女弟子的竞争对手，画油画的吕谦。

是的。

明显的任人唯亲嘛！冯很激奋。

他点着头，心想：说别人任人唯亲，你老冯就不是了吗？讲亲，睡一个被窝才是真亲呢。

冯院长慷慨激昂：再说了，我们本地画国画是主流，画油画的寥寥无几，让一个非主流画家当主席，不对路嘛。

冯说的这一点，坧泉还是认可的。说：院长的这个思路是对的。

那就应该让上面的人明白这一点，那些手握人事权的人，恰恰不懂艺术，一个错误任命会给文艺界带来太大的危害。

坧泉说：确实是这样的。

那我们就该发出声音，防患于未然。无论如何，不能让舶来的西画压中国画一头。

院长的意思是不是针对那画油画的给上面写份材料？坧泉问。

这个，你自己考虑吧。冯院长说。

坧泉明白，“考虑”就代表是的。遂说：院长，我明白了。

冯院长点了下头。

于是坧泉便言归正传，讲了登门所求之事。

冯院长说：正想让你和山院长正式认识一下，约时间见个面吧。我在场，你直接同她讲，这样会更好。

坧泉看出冯院长是真诚的，想帮这个忙，连忙说：好的，好的。

冯院长又说：你先把事说说，我再和她说说，让她有个准备。

坧泉已有些感动了，遂对冯院长讲了小邱工伤的事。

十六

等了几天，冯院长一直没电话来，不晓得是怎么回事。卜莲那边还挺急，说若与公司谈不拢，便正式起诉，拖延无益。圻泉只好硬着头皮给冯院长打电话，冯讲已和山讲过，山也同她的老板哥讲过，老板哥表示这事不好办，不能开这个头。圻泉听了很是失望，也气愤，想：这般更不能顶那女人当主席了。

挂了电话，又立刻给卜莲打过去，讲了情况。卜莲说：已料到是这个结果，那就起诉吧。

那边，章樟是了解全部情况的，而报社唐主任则不是，因为老邱要求上诉，本要推出的重磅消息只能暂停，等上诉有了结果，尘埃落定，再往下进行为宜。

官媒刻板，而大众传媒却不管三七二十一，网上披露了这桩国画窃案的一审判决，法院判决所依据的画值令圈内圈外人知道了圻泉的大名与高艺。春江水暖鸭先知，一些本市与外地的画廊欲收购圻泉的画作，有的还要与圻泉签约，对此，圻泉一一回绝。事到如今，他仍对卜莲的“金钱换刑期”的“双赢”心怀疑虑，总觉得不妥。而章樟对此却是认可的，不仅觉得圻泉可以与画商洽谈签约，还提出画展一结束便大张旗鼓搞一次拍卖，到时把刘院长请来造势，提前找到哄抬的“托儿”，以防流拍。

邱冬工伤一事陡然出现转机。卜莲告诉坧泉，山老板表示愿意谈谈。坧泉疑惑问：难道他突然良心发现、为富有仁了吗？卜莲说：哪有这么回事。卜莲讲了事情翻转的原委。

卜莲说老板哥的建筑队在她姨居住的小区有一个工程——对小区几座高层做保暖层。本来工程已结束，脚手架拆除了，这时居民发现外墙粉刷的颜色不对，偏黄。就有“能人”找来图谱比对，得出结论：所使用的颜料的确比原定小了一号。责任在工程队，理应由工程方负责，可要是再重新扎脚手架粉刷一回，就麻烦透顶了，且花费颇巨。工程方连连道歉，希望居民能将就一下。每户补偿一袋东北五常大米。卜莲那担任业委会主任的小姨对卜莲讲了这件事，卜莲脑子灵光一闪，觉得这是一个与山老板叫板的砝码，便对小姨讲述了山的劣迹，动员她借机带领小区居民进行“维权”，由她负责担任律师将老板哥起诉到法院。小姨出于对老邱一家的同情，表示支持外甥女，给卜莲写了诉讼委托书，司法程序立即启动。俗话说没有不透风的墙，山老板得知工伤人员邱冬与业委会所委托同为女律师卜莲，便明白事情有了麻烦，遂算了一笔账，重新粉刷一遍花钱不说，人员滞留又误了别的工期，双重损失，损失巨大。于是同意“谈谈”。

卜莲解气地说：这遭他急我不急，耗着等着他联络我，不信他能眼瞅着工程队烂尾在小区日损斗金！

挂了电话，坧泉松了口气。

十七

坧泉的个展已完成布展。章樟打电话让他去过过目。他便赶过去，这档子事一直由章樟与越东在忙活。近百幅画儿的装裱，还要悬挂，加以适当的文字说明，不是个小工程。尽管章樟是他的好友，越东是他的学生，他内心也是十分感激的。

展址在艺术馆三楼展厅。本市凡重要的书画展大都在这里进行。一则展厅宽阔，二则地处市中心，三则临海。坧泉从未搞过个展，参加了几次集体展出，也只是陪衬，小鱼穿在大串上。当他在越东的引带下走进展厅，一时竟又不相信眼前的一切是真实的，装裱好的画作挂在墙壁上，如同俗人穿上了袈裟，魅力四射，熠熠生辉。虽有“人怕上炕，画怕上墙”一说，可坧泉还是觉得美人美作例外。他边走边看，竟感动得眼睛湿润。

怎么样，有什么问题吗？章樟陪坧泉看过一遍后问道。

很好，很好，没什么问题，辛苦你了章樟。坧泉由衷地说。泪珠已流到眼角处，他不知道该不该擦。

如果没有问题，就在正式展出前搞一次预展，让相关人士先睹为快，提提建议。章樟说。

坧泉知道所谓相关人士就是领导、媒体以及有影响的书画家。应该说预展很重要，是这一炮能不能放响的关键。

领导方面，宣传部孙部长不用说，必到。还有市委魏副书记、市政府庄副市长，以及人大、政协领导。应该说规格不低。章樟说。

是的。坧泉说。

时间还未定，主要看魏、庄二人的时间。等预展结束，再定正式展出时间。这就从宽了，选个吉利日子便是。章樟说。

好的。坧泉说。章樟周到细微，他也只有说好的份。

看毕已接近中午。坧泉说：别回家了，一起出去吃个饭。

坧泉补句：我请。

章樟笑说：行啊，吃大户从今天开始。

附近有一家章樟常去的饭店，就过去了，坐进一个单间。酒菜很快便上来了，三人随意吃喝，聊着闲话。越东说起本市昨天发生的一起高空抛物致死事件，从高楼掉下一个挠痒痒的“老头乐”，不偏不倚正落在马路上一行人头上，结果当场死亡。谁能想到二两沉的老头乐能打死人。寸！章樟说：啥叫寸？寸就是倒霉，人最怕的是撞上倒霉鬼，一撞上就遭殃。又说：有一官员去高级会所消费，吃喝嫖赌样样不落，还绝对安全，可你猜怎么的？偏偏避孕套粘在鞋底上，这伙计大摇大摆出了会所，让行人发现，拍照发上网。你说这不是撞上倒霉鬼了？越东说：只能按倒霉处理。常在河边走，哪能不湿鞋？老去那种场池，粘上个套子什么的，虽说是小概率事件，也是有可能发生的。章樟说：有时恰恰是小概率事件起大作用，比方买彩票中大奖，概率千万分之一，可一中就改变了整个人生。

越东说：中彩票是小概率事件，可撞上的不是鬼，是神，是财神。

章樟与越东你一句我一句地说，坧泉听，不只是听，也想，想自己所遇到的事——晒画，老邱拿画，越东报案，刘院长鉴画发现他的价值。说起来俱是小概率事件，没有其中哪个环节都不成，可这些环节就是连接起来了，想想，人生真有些不可思议，有人撞大运，有人倒大霉，也没啥个来由，各有各的造化，自己和老邱不就是这样吗？

正感叹间，听章樟接了一个电话，坧泉并不在意。可听着听着就觉得有些异样，章樟不断重复着一句话：这怎么可能？这怎么可能？

讲完电话，章樟现出满脸苦笑，嘴里嘟囔着：这年头啥蹊跷事都有啊。

怎么了？坧泉问。

章樟摇头不已，讲电话是美协主席竞争人之一的油画家吕谦打来的，讲他表姐已明确表示自己要当美协主席。

坧泉和越东一齐哦了声。

章樟说：听明白了吗？马书记要当美协主席。

坧泉问：她画画儿？

章樟不屑说：画呀，是来文联当书记之后开始画的，画梅花，画菊花，画鸡，画鹰。

画得怎样？坧泉问。

你想想能怎样？章樟说，咱都是画了一辈子的人，才画到这份上，她才画了几天？

越东说：听人讲马书记已加入了中国美协……

什么，加入了美协？坧泉惊讶，这怎么可能？

怎么不可能？人家还在人美社印个人画集呢！越东说。

出画集？这怎么可能？坧泉惊讶不已。

怎么不可能？越东问。

刚画画儿就出画集，不可能达到出版标准啊。坧泉说。

标准？哪儿来的标准？咱市出画集的画家不下几十人，谁拿标准卡了？出版社的标准就是印刷费标准，只要付够了数，照出不误。越东说。

章樟接说：据说马书记的画集由我市一位企业家赞助，大概是三十万。而后马将该老板的女儿调到市文联艺术部。

真有这回事？坧泉又一次惊讶。

纸里包不住火。奇的是老板女儿自己说出去的，她不觉得这有什么不妥。

坧泉摇头不已，说：以前只知道文联是清水衙门，闹了半天却是清水衙门的水不清啊。越东说：与其他单位比，文艺单位确是清水衙门。里面的人都瘦得皮包骨，可阎王不嫌鬼瘦啊。比方马，拿出一个事业编名额，出本画集足够。

看来马为这主席目标早就开始铺垫了呢。章樟说：不过从她的角度讲也能理解，很快要从书记的位子上退下来，若当上美协主席就可继续干一届。

越东哼声说：好事都是她的了。

章樟说：她在文联一把手的位子上，负责换届，只要不顾脸皮了，完全有可能弄成。

坧泉问：那吕谦是什么态度？赞成？

章樟撇撇嘴：赞成能给我打电话吗？反对，提议画界联合给上面写信，坚决抵制！

坧泉不解地问：马不是他表姐吗？

章樟说：牵扯到个人利益，亲姐也不让啊！

越东讲：可不，吕谦要当上主席，不费劲就攀上了万元俱乐部，他能甘心煮熟的鸭子飞了？

坧泉感叹：真复杂啊！不过，马书记是选不上的。

章樟问：为什么？

坧泉说：太离谱。

章樟说：等额选举只要当上候选人都能选上。对了，那天听了个段子，挺贴，说勃列日涅夫在路上走，看到一个人抱着个西瓜，此刻他正觉口渴，于是停下车，要那人把西瓜卖给他。那人说：可以，勃列日涅夫同志，请您选一个吧。勃列日涅夫说：可你只有一个西瓜呀，怎么还需要选？那人说：俺们选您的时候就是这样的呀。

坫泉笑笑说：胡编，勃列日涅夫吃瓜还要买吗？

章樟端起酒杯坏笑笑：等着看下面买瓜滑稽戏吧！

预展一直后延。领导的时间难以协调，书记得空市长忙，市长得空书记有事，锣齐鼓不齐，如同请客，菜做了一大桌子，等不来主宾，只有等下去。

十八

这天，卜莲来了电话，兴冲冲地告诉坫泉，那个山老板要请吃饭，这说明事情正朝有利于邱冬的方向发展。她问坫泉：有什么要求。坫泉说：我的要求也是邱冬的要求，设身处地想想不外乎两点，一是继续治疗，争取能站起来走路，能劳动。再是合理赔偿，当然还要征求一下老邱一家的意见。卜莲说：这怕来不及，可以先按照老师这两点谈。达成意向后，立即去大邱征求邱冬的意见。坫泉说：这样稳妥。

坫泉心里惦记这桩事。

后来事情的进展，卜莲依然通过电话向坫泉报告：与山老板吃过饭了，虽谈得很艰难，终是接近了咱们的要求——公司负责接邱冬住院治疗，视康复情况再商定赔偿数额；在老邱家里见了已恢复说话的小邱，在看守所见了老邱，父子俩对结果很满意，可以说是喜出望外。还有，小区撤诉，同意不再重新粉刷，公司给每户居民两袋大米的补偿。卜莲说：看似公司做了很大让步，但也清楚如此远比官司败诉重新施工合算。垢泉听了十分欣慰，说：这结果很好很好。

卜莲说：还有一件事要和老师说说。垢泉说：你说吧。卜莲说：这个得当面说。垢泉说：可以。

晚上一起吃饭，依旧在那家西餐馆。不过这遭是老师请学生以示谢意。

卜莲欲言又止。

垢泉问：你……

卜莲摇了一下头，说：老师你先别乐观，他还有个要求呢！

垢泉问：什么要求？

卜莲说：请你带几名实力派画家到他公司搞一次笔会。

垢泉问：他喜欢画？

卜莲说：这么想倒是抬举了他，当是得知你画的潜在价值，便提前收藏，以备获利。

垢泉想想说：可不大好操作，请谁不请谁，挺敏感。先不说冯院长能不能请得动，就画而言，能把他放进实力派画家这个筐里吗？

卜莲说：老师说得对。

坧泉言归正传说：他不就是想存几幅画儿吗？给他画是了。问问他，想要画什么的。

卜莲说：好的，问了，再对老师讲。

坧泉的心情十分愉快，向卜莲端起酒杯，说：下步再争取把老邱的上诉打好，事情就圆满了。

卜莲没端杯响应，望着坧泉一字一句地说：老师，你所讲的圆满是指什么呢？

坧泉连想都没想说：当然是老邱无罪释放。

卜莲说：那样就必须将整个案子彻底翻过来。

坧泉问：怎么翻？

卜莲说：让老邱翻供，就讲是你让他从冬青上取画，不是偷，老师你就得作为老邱的证人出庭，证明老邱说的是实话。

这是坧泉所没想到的，一思量，觉得亦无不可。便说：只要能让老邱出狱，我可以讲画是我送给他的。

卜莲说：老师你这是做伪证啊！

坧泉：伪证？

卜莲：是啊，做伪证是要负法律责任的。

坧泉无语。

卜莲说：这样不仅老师你担责，作为律师的我也要受牵连。

坧泉一惊：卜莲，你……

卜莲说：老邱自己不会想到翻供，须由我向他说，即使暗示也是违反法律的。

坧泉脸色有变，说：既然这样那就得慎重了，无论如何不能把你栽进去。

卜莲端起酒杯，举向坧泉：谢谢老师关爱学生啊！

坧泉干了。

放下杯，卜莲说：不过，就算咱俩不顾个人得失，这案也是不得翻的。

为啥？坧泉摸不着头脑。

老邱本人反对。卜莲说。

他，他反对？

没错，反对，坚决反对。

坧泉不相信，说：这怎么可能，难道他觉得坐牢比在家里安逸？

卜莲点点头说：老师想不想听老邱自己怎么讲？

坧泉一时迷茫，望着卜莲。

卜莲从兜里掏出手机，边操作边说：和老邱见面，我背着警察录了音，放出来你听听。

坧泉无比惊讶，竖起两耳。

卜莲说：我先讲了老师帮邱冬维权的情况，告诉他大有转机，邱冬会得到治疗，还会得到赔偿，还讲了老师今后会照顾他们一家的生活。老邱听后哭了，边哭边说。

说啥？

卜莲按下了手机放音键。

呜……哭声，带乡音，坧泉能听出来是老邱。

呜呜……卜律师，俺想想摊上这官司，一点儿不冤，可再想想，呜呜……俺觉得值了，有句话咋说的，对了，叫因祸得福呢。呜呜……小冬子，是俺两口子一辈子的愁，解决了，腿治好，媳妇也就回来了，小孙子有妈了。俺老少三辈就又成一家人了。俺欢气啊。全是坧老师带给俺的呀，要没这档子事，俺家就塌天了，坐五年牢算啥呢，就是坐十年能换这么个结果，俺也情愿！坧老师是俺的恩人，还有你卜律师，俺一辈子不能忘了你们的好，好人就该得好报，从心里希望坧老师能出大名，一幅画儿能卖个十万、二十万……

停！坧泉喊。

卜莲按下暂停键问：怎么了老师？

坧泉问：卜莲你把事全都给老邱讲了？

卜莲说：是啊，讲了，没必要藏着掖着的，是不是？

坧泉问：老邱要撤诉，是不是为了成全我，让我出大名发大财？

卜莲连忙解释：应该不是，他是觉得坐牢能换得这么一个结果，是大收获，打心眼儿里高兴。他倒是担心上诉会节外生枝，让到手的好处又失去。

坧泉说：这怎么可能呢？上诉成功，只有得没有失。这与由房地产公司承担对小邱的责任是两码事。老邱不坐牢，小邱的事该怎样办还怎样办。

卜莲说：这个我也对老邱讲了，可他还是坚持撤诉。

坧泉摇头：不可思议。

卜莲说：老师，你再往下听。

卜莲按下放音键。

老邱的声音：……俺知道，坧老师这一辈子挺憋屈，画得好，可没人认，这遭也该让他翻翻身了，这样才公平。虽说俺是个庄稼人，可不傻，知道哪头炕热哪头炕凉。坧老师好了，俺能跟着好，退一步讲，要是小冬子的腿治不好，要是房地产公司变了卦，不给赔偿，坧老师不蹿高，想帮俺也没这能力了，说真的，以后俺小孙子上学还得仰仗坧老师呢……

录音到此结束。

卜莲问：老师，我说得不错吧？老邱的想法是切合实际的，完全可以理解的。老师不要再多想了。

坧泉无语，心里却想：当是老实人心里也有自己的小九九啊。不用说他是再三盘算过，这是没法子的法子啊。不过以后无论走到哪一步，对老邱自己要负责，特别是对他的小孙子要负责到底，那孩子是他们一家人的希望……

卜莲端起杯：老师，喝酒啊。

坧泉端起杯。

尾　声

故事源远流长。而小说该打住了。大团圆的结局总会让人诟病。可不是，一切都好得不能再好。对于坧泉，老邱撤诉，案子尘埃落定，几家媒体集中予以报道，坧泉高规格的本市个展及北京画刊的不吝赞誉的宣介，令坧泉横空出世，炙手可热。画值如芝麻开花节节高，甚至超出刘院长当初的评估。还有，美协换届坧泉以高票当选副主席，负责水墨画创研室。这让坧泉有些蒙，尽管这一切都是一步一步从眼前经过，可他总觉得亦真亦幻似在梦中。对于整个画界，这当间发生的事情同样始料未及犹同梦中内容，无论是冯院长力荐的女画家山梅，还是毛遂自荐的马书记，都未能成为新一届美协主席。新主席是市委书记从外市引进的，书记曾在那儿担任过市长。自然了，一把手亲自过问文艺事业再正常不过，不仅没人说三道四，反而以手中的选票予以认可，新主席就以全票当选，换届圆满完成。

唯有一件事让坧泉喟叹不已：换届前，他将民间画家王老师的情况对大会筹备组讲了，力荐让他来参加会议。筹备组按地址发去通知，可王老师未来，在短信中讲家中安装塑料大棚，脱不开身。而他更愿意相信是王老师对这档子事淡泊，无意近前。坧泉不胜惆怅。

又过了若干天，卜莲来电话，说老邱就要转第二模范监狱服刑，她要去看守所办理相关手续并予以探望，问坧泉要不要一块儿去。尽管石泉已接到主席团开会的通知，依然不打哽地说：去，我去，去送送老邱。说毕心兀地往下一沉，思绪繁乱，哀伤莫名，眼窝涌出泪来。他晓得老邱义无反顾奔赴之地，就算“模范”得不能再“模范”，终归是座关人的监狱，不是个好去处……

命悬一丝

一

宣判前，汤建又去了一趟成山看守所，提审犯罪嫌疑人庄小伟。说提审并不准确，案件审判程序已成为过去时。作为该案的主审法官，他十分清楚庄小伟的生命就要走到尽头，如果没有特殊情况发生，死是板上钉钉了。所谓特殊情况，无非是有重大立功表现，或是家人满足了亡者亲属的赔偿期望，不再死磕。而从庄小伟的实际情况看，这两条都不现实，他独自作案，没他人可告发，何况关在号子里，想立功也没有机会。再是他的家人，七十有余的养父母，是村里最穷的人家，无力承担高额赔偿款。他曾与法庭为庄指派的陈凯律师一起去村里动员庄的养父母，屋里屋外一打量，便明白说什么都属多余，沮丧而归。

在那间十分熟悉的审讯室，汤建见到了准死人庄小伟。

他的心不由得疼了一下。一种微微的战栗从脚后跟往上传遍了全身，作为一名多年从事刑事审判的法官，是不应该有这种非职业条件反射的。不知怎的，这种反射在面对庄小伟时更甚，是因为他太年轻，生得眉清目秀，用时髦的说法可称之为“小鲜肉”？还是，觉得他倒霉，合议庭对其量刑为死缓，却被院里改为立即执行，有些于心不忍？还是……

他看出庄小伟比上次见到时气色要好，精神头也足些，新剃了头，额头也变得亮堂了，这种变化更使他心里添了一份沉重。待押解他来的狱警出到门外，他问句：庄小伟，这些日子怎么样？庄小伟回答：报告法官，我很好。

哦？很好？

嗯，很好。

好在哪方面，你讲讲？

报告法官，队长让我吃营养餐了。

你生病了？汤建问。刚才还觉得庄小伟身体状况不错，怎么享受起病号待遇了呢？他知道，这里的病号待遇是每天增加一个鸡蛋、两根黄瓜。他还知道这里的潜规则——某些特殊犯罪嫌疑人也可以得到这种照顾。而庄小伟没资格“被特殊”。

报告法官，我没病。

这毕竟没什么重要的，况且作为与庄小伟打了近一年“交道”的法官，渐渐积累起来的怜悯之情，也愿意看到这将死的人，在走向刑场之前能多点滴享受。

他不再继续这个话题。

但是，下面的谈话该怎样进行，他倒有些茫然了。平常对犯人的程序化审讯，都在院里的审讯室进行，法警从看守所提出人犯，押解到市里。而对一些具体问题的落实，为避免兴师动众，则法官自己跑到看守所，问完便走。问题在于，今天汤建在宣判前赶来，并没有明确目的，该落实的都落实了，属于本院的法律程序已走完，只等择日宣判。如果庄小伟上诉，后面的事就转到上诉法院，与己无关了。就是说，这次来，套用一句俗话就是“有枣没枣打一竿”了。能打到一颗让庄小伟免死的“枣”，就算不虚此行了。说白了，就是想搭救庄小伟。庄小伟抢劫杀人，这种严重罪行，从前是杀无赦的。现在司法改革，尽量减少死刑，这类罪犯只要有从轻的情节，也可考虑不杀。作为对庄案再清楚不过的人，他认为有从轻情节，合议庭其他人也有共识，所以他们的意见是判死缓。而报到院里遭否定，要求改为死刑立即执行。既如此，合议庭使用的从轻情节便清零不存。如若让庄小伟免死，只能另辟蹊径，找到让院里否决不了的理据。

说来说去，还是前面提到的几种“特殊情况”。他来是寻找特殊。这本来是庄小伟律师的分内之事，可那很喜欢被人称为“诗人”的陈律师自始至终不在状态，对案子不热衷。据说最近正忙于创作，准备参加市文联主办的诗歌朗诵活动，连电话也不接了。作为法官，他有看法，却不便说破，只在心里不屑。

庄小伟，这段时间有没有人来探望你呀？汤建看了眼一直低着头的庄小伟。

报告法官，没有。庄小伟回答。

汤建看了看庄小伟瞬间抬起的葫芦样光头，以及那双明显带有讨好又迷离，还带有孩子般稚气的眼睛，心沉了一下，说：庄小伟，再回答问题不用先报告。

报……是，是……汤法官。

他没纠正他，心想：那诗人律师连最基本的都没对他说清楚。

他说：庄小伟，这些日子都想些什么？

想……俺害死了人，罪大恶极，服判，不上诉。

哦？汤建惊了一下，问，这想法和律师说过吗？

说过。

他怎么说？

他说上诉也是百分之百驳回。

百分之百无良。这姓陈的。汤建心里愤愤。刚要再问，却听庄小伟开口问：汤法官，你说能判我死刑吗？

他咬了下牙，没放出声来。他是最有资格回答庄小伟问题的人，但他不能回答，这是职业操守，或者说是纪律。他打了个怔，反问了一句：你自己觉得呢，庄小伟？问过又意识到不妥，这一问不应出自法官之口。

好在庄小伟没有回答，深深埋着头。

他就想：明明可以判死缓，院领导怎么非要判死刑不可呢？不符合新司法精神嘛。参加审判委员会的董庭长回来也表示不解，说：原先认可死缓的分管刑事的部副院长怎么忽然改了口径呢？舌头一反一正就是一条人命哪。

他说：庄小伟，怎么判决是法院的事，你首先得认罪悔罪；当然也可以为自己辩护，争取从轻处罚。

是。

想想，还有没有对自己有利的话要对法庭讲？他启发说。

俺，俺不是故意杀人，是老奶奶自己从扶梯上滚下来的。还有，俺不是抢，是偷……

这些，他自然是清楚的。庄案不复杂，庄在商场的下行扶梯上，居高临下发现被害人的敞口包里有一个钱包，遂起邪念，行窃，生手不熟练，让被害人发觉，被害人惊慌中一脚踏空，顺扶梯滚下，造成颅骨损伤，经抢救无效死亡。

他说：这个，法庭有你的笔录。再想想，有没有其他方面的情况？他继续启发。

庄小伟用手抱着光头，手指绷紧，努力要从里面挖出东西的样子。他应该清楚，法官在宣判前专程来问询案件之外的事情，足见这对自己生死攸关。

汤建等着，为减轻对方压力，他将目光移开，盯着墙上那幅“坦白从宽，抗拒从严”的标语看，心里想：此时此刻，这标语对庄已无意义了。他迫在眉睫的，就是找到“有利”理由来救自己的命。

汤建还等着，时间一分一秒过去，心中原本尚有的希望一丝一丝消散。

对了！庄小伟叫了一声，同时将抱头的手松开，合抱于胸，犹同已大功告成，从头脑里抓出了一根救命稻草。

说。汤建心中亦升起了希望。

庄小伟望着汤建，说：报告法官，陈律师对俺说……

他说什么？汤建问。

他说有重大立功行为可以从轻处罚，问我有没有。当时没想起来，说没有，可刚才想起来了。

你有立功？汤建问，却不太相信。因为若有这方面情况，狱方会及时告知法庭的，供量刑时考量。

俺救过人。庄小伟进而说。

哦？什么时间？什么地点？汤建有些兴奋。

是北京开奥运会那年，在俺村，那年俺十三岁。庄小伟说。

瞬间汤建被失望淹没，不由自主摇了摇头，有言道：好汉不提当年勇，作为罪犯的庄小伟，往日之功是不能为今日所犯来折罪的。

显然庄小伟并没想到这一点，他是法盲，但凡有这方面知识，当看到老太太滚下扶梯时不要跑，那样更能证实自己是偷不是抢，犯案的恶性会减一等。

庄小伟还原的当年情况是这样的——天热，他和村里的小伙伴去村东的荷花湾洗澡，凉快了以后又比赛游泳，看谁游的来回多。游着游着，别的孩子逐渐败下阵来，上了岸，他还在继续。这时来了一个到这村走亲戚的城里小孩儿，都认得，他姥姥管他叫一一。一一在湾边望着还在游的他，嘲笑地叫：小狗刨儿，小狗刨儿。他不睬，继续游。一一又说：小狗刨儿，土死了，瞧我的。说着脱了衣裳，跳进湾里游起来。示范似的游起蛙泳、仰泳、自由泳……陡然，一一惨叫一声，头沉入水中，整个人不见了踪影。他晓得一一出事了，一个猛子扎进水底，将挣扎着的一一拖出水面，拖到岸上……

庄小伟说：后来知道他腿抽了筋，没人救就上不来了。

见义勇为啊。汤建叹息说。

汤法官，这，算是立功吗？庄小伟抬起头，望着他问。

汤建一时不知如何回答。答案是有的，当然是立了功，还是一大功，救人一命胜造七级浮屠，问题是那时的功，不管今天的用。

庄小伟说：这件事全村人都知道的，都能证明。又问：是不是需要王天一本人……

王天一？

就是俺救的那个——，他姓王，叫王天一……

汤建哦了声，心里思忖：王天一……天一，天一，天下第一，从这个名字就能看出不是一般人家的孩子，气势这么大，由此他另一个思路被打开。问庄小伟：后来见过王天一吗？

没有，他姥姥说，去美国念书了。庄小伟回答。

他父母呢？也去美国了？

没有，在北京。

在北京做什么？

他爹开公司当老板，他妈……

哦，标配啊，汤建心里说。不过他感到欣慰，既然是这种情况，出钱帮帮孩子的救命恩人，应该是……

他问：王天一他爹妈知不知道你救他命的事？

庄小伟想想，摇摇头：这个不晓得。

他姥姥是知道的了？

嗯，知道。

有什么表示没有？

表示？

感谢啊。

不用，不用……

我问的是感谢没感谢你。

没。

汤建嘘了口气。

看来庄小伟没跟上汤建的思路，仍停留在原点，眼巴巴地望着汤建问道：汤法官，这个，到底能不能算立功啊？

应该算吧。汤建说。这么说是为了减轻庄小伟的心理压力。作为一名刑事法官，他十分痛恨罪犯对常人的残害，第一念头便是严惩不贷，替被害人申冤报仇，为社会除害。然而一旦深入案情，他的心情便渐渐发生变化。比如这个庄小伟，初次阅卷：在扶梯上抢劫，致受害老奶奶滚梯坠亡，照片惨不忍睹，应判死刑。而后信息扩展：该犯刚年满十八岁，穷苦，为买一张回乡的车票行窃，致人死非故意。还有……于是，他有所踌躇，最终意见为死缓。当审委会改判，他找庭长申辩，陈述理据。最后，庭长不得不向他交底：改判是分管院长力主的，理由是今年抢劫杀人案频发，对社会造成很大冲击，故应严惩抑之。他反驳说：这不就是法理之外的“杀一儆百”吗？庭长说：本案的特殊在于犯人无力赔偿，受害人家属死磕啊。他不为所动，不放弃，才来看守所“有枣没枣打一竿”，侥幸的是，这一竿应是打着了。王天一，庄小伟，一报还一报，理所当然啊。摆在哪里也是合情合理。他又嘘了口气，想：有言事在人为，的确如此啊。

至此，汤建觉得已没必要再与庄小伟论究立功不立功的问题，便大体谈了谈自己的想法。又问了一些相关问题，便结束了这次问询。

二

车上，他接到妻子花花的短信：忘了吗？今天是秀秀生日。他会心一笑，看看手机上已下午五点，回去正当时啊。

赶回岳父母家，秀秀在那里，生日自然在那里过。进门，花花和儿子涛涛前后脚到，带去生日蛋糕和秀秀爱吃的糖炒栗子。岳父亲自下厨做秀秀爱吃的红烧肉拌饭。只听岳父母卧室的门砰砰地响，岳母说：秀秀闻到香味了，要出来。岳父在灶上说：做好了，请出来吧。涛涛去开门，一只狮子狗从里面走出来，跳到餐桌边自己的专座上，端坐等候，一副贵妇人派头。一家人笑呵呵地围过来，涛涛带头唱起《生日歌》，一家人拍手紧随。欢笑中，秀秀开始大快朵颐，斯文尽失。汤建心想：调教得再好的狗，终归也是畜生啊。

秀秀吃好了，岳母用餐纸给它擦擦嘴，生日算过完了。全家人开始吃饭，除了提前拨出来的红烧肉外，还有用空气炸锅炸得焦黄的带鱼，这是涛涛最爱吃的。虾仁炒蒜薹，这是花花的菜。猪肉大白菜粉条，这是汤建百吃不厌的家乡菜。为此不断遭到花花的嘲笑，说他是不变的庄稼人的胃口。开始他很反感，后来认为花花并没有说错。每逢春节，各类上品菜一大桌子，他还忘不了吃这一口。这就是应了那句“橘生淮南则为橘，生于淮北则为枳……水土异也”的话了。花花是生在城里的橘，他是生在乡下的枳。本两不相干，可毕业工作后，经人介绍，橘枳结为连理，不谐便渐渐表露出来。而花花强势，尽管汤建顽强反抗，终是败下阵来。该争的也不与她争了，以沉默应对。日子便平静下来，“沉默是金”在此得到印证。

吃了一会儿，花花放下筷子，笑盈盈说：爸、妈，报告一个好消息，我考到律师证了。

除了涛涛，其他人都怔了一下，一齐望向花花。岳父问：花花，你在安达干财务不是干得好好的嘛，咋还考律师证?

花花说：转行当律师啊。

岳母说：当律师不错呀。

岳父瞪她一眼，转向汤建问：这事，你知道不?

汤建不知该如何回答。一年前花花与自己说过，要读一个司法班。他明白她的意思，第一个念头便是不可。不知从什么时候起，法官的配偶或家人纷纷进了律师楼，打什么心思昭然若揭。有人调侃说：肥水不流外人田哪。他极力反对花花的做法，可花花不听，照考不误。一是无奈，另外，这些年挤这条道的人很多，越来越难考，他不相信她能考出来。可怕什么来什么，她竟然如愿了。

他只能说：知道。

岳父把筷子拍在桌上，吼：你们好日子过得不耐烦了，是不是？

他不吭声。心想：训得好。

花花却不听这套，说：爸，你喊什么？这种情况很多，法律没明文规定不可以。

岳父横了她一眼，说：没明文规定也不行，不想想人家会怎么看。一个判案，一个当一方辩护，无私也有弊啊。

花花辩驳：各人遵循各人的职业道德呗。

岳父说：如今，连人性都不讲了，还讲什么职业道德？少来这一套。

在汤建眼里，岳父是个极其温良的人，总是笑眼眯眯，他这么大发雷霆还真没见过。他晓得花花这事办得让他愤怒，难以容忍。

花花不吭声了。

汤建说：爸爸，你这火发得对，有道理，回头我说说花花，这样的夫妻店绝对不能开。

花花哼了声，站起身朝涛涛嚷：走，咱回家！

汤建自然也得走。

刚进门，陈律师来短信：有新作发圈里，请指正。他“腾”地上来了无名火，代理的人要判死刑，你他妈还有心思写狗屁诗。在沙发坐下，他给庭长拨了电话，讲了今天见到庄小伟发现一新情况，待明天上班详细上报。挂了电话，他才上了微信朋友圈，果然最上面有陈新发的诗歌。

他本来以为是先前说的朗诵诗，却不是，另辟蹊径，是一种仙草药膏，诗曰：仙人号曰候庭泉，草药产自滇西南。谱出风云交响乐，写下医疗新诗篇。骨疼忽闻寸草心，病愈下榻步履健。传世良药除顽疾，奇效惊世美名传！

尽管心头有气，居然被陈诗逗笑了。油然想起前些天从网上看到的一则笑话——某女夜遇劫匪，颤抖着说：大哥，我是写小说的，四十多岁了，工资还不到三千，逢年过节连奖金都没人给发，送礼的也没有，你看这是我的中国作家协会会员证。劫匪闻听痛哭流涕：姐姐，俺也有这证，写散文的，快三十了无房无车，娶不到老婆才出来做匪的。你走吧。对了，边上那条路千万不要走，更凶险，全是写诗的，都穷疯了！

陈“穷疯了”才写这种广告诗吗？非也，陈是他们律师所合伙人，收入不菲，还是几家单位的法律顾问，固定收入也不低。那他又是为什么？

他给陈发了短信：明天下午庭里一见，有事协商。

陈即刻回复：明晚如何？老地方。

陈要请吃饭，老套路。

他回：明晚有事，还是下午。

汤大法官赏点儿面子嘛，是安华老总请客啊。

他知道，陈是安华公司的法律顾问，曾试图在他与安华中间搭桥，他未响应。

他不客气了：省省吧。

放下电话，起身进到“电脑间”打开电脑，他想从网上查查各院有关杀人案赔偿数额的情况。

三

在院大门外下了班车，见一辆本院的警车从远处开来，拐到后面的门。他晓得是从看守所提来了犯人。三庭上午开庭，是政法学院同学兼好友何彬审理的案子，嫌疑人是外省落马高官，属异地审理。何彬说这个案子让他焦头烂额，其实不说也想得到。

在庭长室见到董宝川庭长，董庭正在打电话，边讲边示意让他坐。坐下后眼望窗外，干什么吆喝什么，董庭在和人谈案子，似乎是区法院上诉到中院的案子。他也懒得听，只想着自己这案子怎么与庭长讲。

董庭讲完电话，问他：小汤，你说的新情况是什么？能影响量刑吗？你是知道的，经审委会定下的判决不会轻易改变。他赶紧说：这个我知道，可这新情况很重要，应该能免庄小伟一死。

董庭摇摇头。

汤建讲了庄小伟当年救了王天一那件事。

听着，董庭打了个哈欠。

他晓得董昨晚喝了酒，他喝酒海量，院里无人拼得过。他自己调侃说：死了泡在水缸里，过几天就是一缸董酒。

说到哪儿了？董庭问。

王天一在水里抽了筋，沉下去了。

是庄小伟把他救上来了，是不是？

是。

那是哪年的事？庄小伟多大？

2008年，他十三岁。

可他犯罪时已经过十八岁了。

汤建意识到董庭理解错他的意思了，酒精还在他脑袋里起作用。喝了一口茶，他说：我知道，我是说他救人立了功……

董庭寻思一下说：是有功，那时的功，现在顶个屁用？能抵罪？法律上可没有这一条。

汤建说：我知道，我的想法是……

汤建斟酌着说法：我的想法是，他立这功，受益人应该买单……

受益人买单？

对，现在这个时候，受益人应该出资，替庄小伟赔偿受害人。从目前情况看，恐怕只有这一条能免庄小伟一死。

董庭想想说：应该是这样，能得到受害人家属的谅解很重要，而拿钱才能买谅解。问题是人家能认这笔老账吗？

汤建叹了口气，董庭总算跟上了他的思路，他说：老账也是账啊，应该认的，何况是有钱人。

有钱人？

对，被救小孩儿的爹是一家大公司老板，钱不是问题。

董庭浅浅一笑，说：这就难讲了，不是有越有钱越抠门儿一说吗？

汤建说：我们可以对他晓之以理动之以情……

董庭说：我们？我们法院？这可是律师的工作啊。

他刚要讲院里指派的那个陈律师不给力，又把话咽回去，说：我已经约谈律师，把这事交给他去做。

董庭说：那得快点儿，否则……

他明白董庭的意思，按惯例春节前要集中"执行"一批死刑犯，便说：一定，一定……

四

汤建不想给陈凯好气，开门见山：陈律师，知道你忙，可人命关天，还是把你请来。我昨天去见了庄小伟。

是吗？他怎么样？陈凯问。

这话应该是我问你呀！陈——律——师！汤建生硬地说。

陈凯：……

汤建说：庄小伟很悲观，说若判死刑将放弃上诉。这，你晓得不？

陈凯迟疑一下说：他倒是对我讲过这想法。

汤建问：作为律师，你给过他什么建议？

陈凯说：这不用说，我对他讲，应该上诉，这是法律赋予的权利。

陈、庄二人口调不一，是哪个说了假话？但他不想纠缠这个，继续说下去：昨天去，庄小伟说了一个新情况，可能会给案子带来转机。

哦？汤建把情况讲了讲。刚讲完，陈凯的手机响了，欲接，看看汤建，似乎又觉不妥，把电话扣死。

汤建说：作为庄小伟的律师，面对这新情况，我想听听你有什么想法。

陈凯沉吟一下，说：也只能死马当活马医了。

汤建觉得这话刺耳，问道：庄小伟是死马？

陈凯苦笑笑，说：汤法官你心里比我清楚，合议庭的死缓意见被审委会否了，定立即执行。这种情况你们合议庭都没辙，律师还能有什么作为？法院啥时候拿律师当盘菜了？

汤建承认陈的牢骚有一定道理。在审判过程中，律师总是处于下风，不被法官正眼相看，辩得再好，也不敢保证会被法庭采纳，特别是上面定了调子的案子，想翻案难于上青天。

陈凯继续发牢骚：我就奇了怪了，不偏不倚，庄小伟判死缓属合理量刑，没人辩护也应该这么判，是偷不是抢，只是地点选错了，被害人才滚落致死。另外，他初犯认罪，刚十八岁，还是个孩子……

汤建清楚，事已至此，说这些是梁山泊的军师——吴（无）用，赶紧把话头引回，说：许多情况下，还是事在人为，所以要发挥人的主观能动性。

陈凯说：也是。

汤建不讲话，看着陈凯，希望他能讲出自己的思路，或者说希望他能回到现实生活中来。

陈凯说：汤法官，你干了我的活儿，谢谢您，下面该我了。

汤建还看着他不讲话。

陈凯说：第一步，找到王天一的爹。

主观能动性是在看到希望的前提下方能发挥作用。三天后，陈凯又来到汤建的办公室报告情况：他驾车行驶三百多公里去到庄小伟家乡——沂山脚下的一个小村，见到了王天一的姥姥和姑姑。说到当天王天一被救的事，两人竟一齐否认，他不知是咋回事。就想：是不是庄小伟为了立功编造出来的救人事迹？

不会。汤建断定说，你没问问村里人？他们应该知道的，救人不是件小事啊。

陈凯说：是的，我问了，很多村人都知道有这回事，显然是王天一的姥姥说了谎。可为什么隐瞒事实呢？我觉得她是不想让女儿女婿知道这件事，那会怪她看护不周。我又去找她，告诉她庄小伟犯了法，要判死刑，要是真救了人，算立功，就能免一死。听我这么说，她就说了实情，还说当年小伟救了一一的命，今天也应该救小伟一命。我要王老板电话，她也给了。

汤建问：给王老板打电话了？

陈凯说：还没，电话该怎么打，我得听听你的意见啊。大老板个顶个牛 ×，一句话弄拧了，就难拧回来，事就砸了。

想想又说：要不你打吧，法官的话有分量，人家会重视。

汤建无语。

五

晚上回家，根据陈凯提供的信息，他从电脑上查询王天一他爹王老板的相关信息，百度告知：王自然，男，1968年3月出生。北京泰达置业董事长，经营地产、医药、家用电器、化工等产业。有公司地址、网址、电话。自是没有家庭电话及本人手机号码，这不要紧，这些陈凯已提供，只要没飞出地球就能找着他。

花花进屋，他问：宝宝睡了？

花花嗯了声，听声调不顺，当还是秀秀过生日那天的火。果不其然，她问：姥爷给你打电话了没有？他说：没有。

花花一直冷着脸，说：我得和你谈谈。

汤建问：什么时候？

花花说：现在。

汤建说：现在不行，有个电话要打。

花花说：不要把工作带回家。

汤建说：没办法，这个电话只能晚上打。

花花问：什么电话只能晚上打？有小三了？

汤建说：笨了不是？有当着老婆的面给小三打电话的？

花花也忍不住笑了：那是啥鬼电话？

真是鬼电话。接着他把庄小伟案子的情况简要对花花讲了，又告诉她这个电话就是打给能救庄小伟一命的老板。把花花惊得直眨眼，说：一条人命就这么飘忽不定，不是生就是死，多可怕呀。

汤建说：什么叫命悬一线？这就是了，所以你要知道，法官、律师不是那么好当的，不是考出证来就大功告成啊。

花花不言声了。

花花退出后，汤建先拨了王老板家庭座机，没人接。他想这个时间段应该是在外应酬的，旋即又拨了手机号码，响铃迟迟不接，直到关断。他想当是防止干扰静音了，就作罢。座机铃响，接起来一听是何彬，心想：这家伙被手头的案子弄得焦头烂额，还有心思闲聊？何彬没任何前奏，说：快看凤凰新闻，那个昌大校长一审判无期。他应了声迅速找到，两则，一是受贿 3000 余万被判无期的，二是包养二十余个情妇的官场花边。他不由得笑起来，电话那边的何彬问句：奇葩吧？他说：真奇葩。何彬说：我就怀疑在中国当官当久了，脑子就坏了，不再有正常人的思维。这个校长贪财贪色，理直气壮，没有半点儿愧疚，说什么男人就要征服世界，就要征服女人，这方显英雄本色。他嘿嘿地笑，问：你那个副省级干部怎么样？认罪吗？何彬愤愤地说：非但不认罪，还全面翻供，说先前的口供是刑讯逼供。他说：这样你们就有麻烦了。何彬愤愤地爆粗口：百分之百的王八蛋。

扣死电话，汤建看看墙上的钟已过十点，觉得王的饭局该结束了，便再打过去。照旧，响铃不接。他纳起闷儿，这怎么回事呢？有钱人的习性总让人摸不透。

算了。

六

中午，汤建、陈凯还有合议庭另一位审判员辜小飞一起，登上赴京的高铁，专程去见王天一的爹——王老板。

晚上睡了一觉，他有了新思路：别说电话不好打，我是打通也难以把事讲通，权势人物喜欢一言九鼎，一旦遭他拒绝，就鸭巴子吃筷子——转不过脖来了。所以上班后他与合议庭另外两位同事沟通，要想把事情办好，还是去趟北京面见王，就请示了董庭。董尽管不以为然，还是同意了。事不宜迟，带上陈、辜二人便直奔火车站，买了票上车。

除了春运，平常坐火车是很顺当的。票好买，车跑得快，车窗外景物唰唰后退，感觉像飘，车厢内整洁、空荡。汤建心想：若不是带着一桩生死攸关的特殊“任务”，旅行本身是一件很爽的事啊。这么想着，不由得叹了口气。

在公共场合，案子是不宜谈的，三人就你一句我一句天南地北地拉扯。很快，陈诗人将话题引到诗歌上，顿时喜形于色。小辜问陈：怎么写诗的人行为状态都和常人不一样？陈反问句：一样？一样怎么能成诗人呢？诗人就是要特立独行。汤建想起了陈凯的广告诗，问：那诗，药厂是要付费的吧？陈凯说：当然，如今哪有白干磨指头的事。小辜问：给了多少？陈凯说：商业机密。对了，他们还给了一些药，回去我分你们一些。小辜说：不要，谁敢吃？陈凯说：是真药，不是假药。小辜说：你试吃过？陈凯说：没有。小辜说：没吃就替他们吹？出事是要负责的。陈凯说：我负什么责？那是文学，可以虚构。汤建问：我只知道小说可以虚构，诗也可以？陈凯说：“飞流直下三千尺，疑是银河落九天”，不是虚构？“寂寞嫦娥舒广袖，万里长空且为忠魂舞”，不是虚构？小辜说：夸赞与虚构是两个概念吧。

一路闲扯，就到了天津站。陈凯问：到北京我们住哪儿？汤建说：找个离王老板近的地方就行。陈凯说：可以，那里靠西单近，我请你们吃正宗烤鸭。咱那儿的店虽然挂着北京烤鸭的招牌，味道差多了。汤建没接茬，却在心里笑，想：律师个个是美食家。美食做诱饵，在餐桌上摸爬滚打……小辜说：一直没联系上王老板，会不会扑空？陈凯说：大冬天他能跑哪儿去？小辜说：要不现在给他打个电话，提前打个招呼，也算礼貌。汤建想想说：好。就掏出手机拨号，手机刚对上耳朵，他哦了一声，向陈、辜示意通了，两人一齐屏声。

是谁？雄浑的男京腔。

您是……王总吧？

昨晚你的电话？

是的是的，王总没接。

你是……

我是……海城中院……

哦？海城中院？

听声音王老板有些吃惊。

对，我是海城中院的。

找我有事吗？

是的，有事想和您商量。事有些急，昨天没打通，今天就到北京……火车快到了。

这样啊，可我不在北京。

汤建瞪大了眼，望着陈、辜。什么，不在北京？那在哪儿？

就在你们海城啊。

您什么时候到的？

前天。

什么时候回北京？

得在海城住几天。哎，你们找我有什么事呢？

啊！啊！一句两句说不清，我们返回，回去联系您。对了，王总您住哪家酒店？

香格里拉。

挂了电话，汤建不住地摇头。陈凯、小辜也哭笑不得。

陈凯说：看来这是个别扭的主，昨天要是接了电话，哪用得着咱们跑这趟？

小辜点点头：我估计这事不会顺利。

车进了北京站，出站后接着买票。再进站跳上对开海城的列车，沮丧伴随着整个返程……

见到王老板是第二天下午，约定在香格里拉咖啡厅，请王喝咖啡。反常的是被请的王先到，站起来与汤建、陈凯、辜小飞握手，并自报家门：王自然，王自然。第一印象王是个谦和的人，衣着朴素，没有财大气粗的阔人派头。汤建说：王总不好意思，我们迟到了。王说：不晚不晚，你们路远，我下了电梯便到。对了，喝点儿酒怎么样？汤建说：工作时间，不能违反纪律。王说：好的，咖啡喝哪种？蓝山、卡布奇诺？

王自然的反客为主让汤建不自然起来，不过倒松了一口气，今天的事已有几分把握。他看看陈、辜，二人也露出欣慰的神情。

从昨天的失之交臂谈起，王连连道歉，说：罪过罪过，令各位空跑一趟北京。昨晚倒真是喝多了，一夜不省人事，一觉到下午，才发现有未接来电。

汤建说：理解，理解。王总不要客气。又问：王总来是为了生意方面的事吗？

王自然说：是生意也不是生意，确切地说是一个朋友遇到了麻烦，过来照应一下，看能不能帮上什么忙。说毕叹息一声：唉，头痛啊。汤建知道不便再问，便转向陈凯，说：陈律师你说说情况吧。

陈凯点点头，然后言简意赅地讲了庄小伟的案子，讲得王自然一头雾水，问：这案子与我有关系吗？

陈凯说：应该说没有，也可以说有。

哦？王自然看看陈凯又看看汤建。

陈凯说：本来这案子与王总没有关系的，我们只是觉得那个庄小伟可怜，希望王总能帮帮他，给他一个重新做人的机会。

王自然满脸疑惑：让我帮一个死刑犯？可总得给出一个理由吧。

陈凯说：我也说不上什么理由，只是有一个情况。

王自然看着陈凯：什么情况？

陈凯却不看他，说：情况是庄小伟曾救过令郎王天一的命。

王自然不住地摇头，说：这怎么可能。一一五年前就去美国读书了。

陈凯说：这事发生在他出国前，奥运会那年，去姥姥家，在湾里游泳，抽筋了，是庄小伟把他救上来的。这事，王天一回去没讲？

王自然继续摇着头，说：没讲。如果发生了这事，他应该会讲的，一一是个诚实孩子。

陈凯说：这可能与诚实无关，如果是出于某种担心顾虑，不愿讲呢？王总你说有没有这种可能性？

王自然不语。

汤建说：王总，为落实这事，陈律师专程去村里找过你岳母。

哦？我岳母怎么讲？

汤建说：她承认有这回事。还有，村里人都知道的。

陈凯说：当年在场的一个小伙伴还带我去村东的荷花湾看了看，详细讲了当时的情况。

王自然沉吟着，过会儿说：既是这种情况，我相信，不过我还得落实一下，问问一一。

汤建说：当然。

陈凯问：打越洋电话？

王自然说：还有微信，可那边现在是夜晚……

王自然想想又说：这不妨碍咱们往下谈。权当庄小伟救过一一。你们……如果我猜得不错，你们找我是确认庄小伟救过一一，想以功抵过，减轻对他的处罚，免一死？

汤建望着他，摇摇头：此一时彼一时，那时的功不能用来补今天的过。我发现王总是个实在人，我们就不应该对您不实在，得实话实说。眼前的情况，能让庄小伟免死，唯有得到受害人家属的宽恕。可这空口说白话不行，下跪磕头也不行，得甩钱，可庄小伟……

陈凯接着说：一无所有啊！

明白，明白。王自然说，咱们喝咖啡，别凉了。

一齐响应，极品蓝山没喝出味道来。都在想：这王明白了又会怎么样？能认这壶酒钱吗？钱，对他不是问题，问题是想不想认。就是说庄小伟是好是歹，全在于王后面的这句话。

王自然站起身，说声：抱歉，我一会儿回来。

望着王自然的背影消失在大厅拐角处，三人交换一下眼色，都没吱声，端起杯一口一口喝咖啡。

没多久，王自然回来了，坐下后说：给姥姥拨了个电话，她说庄小伟是救了一一。请原谅，我不是不相信你们，可也需要落实清楚。这事弄清楚了，后面的事才好办。这样，赔偿款这块我出。

三个人的表情既惊且喜，北京一个来回，换来这话也值。

陈凯站起身，与王自然握手，说：谢谢你，王总，我也替我的当事人庄小伟谢谢你。

汤建、小辜也与王握手道谢。

王自然说：感谢的应该是我，不是庄小伟救了一一，我唯一的儿子就没了。要不是你们把这事告诉我，我就是个不仁不义的人啊。

陈凯说：王总明理啊。

王自然说：情理之中，情理之中，无论谁都会这么做。对了，应该赔偿多少呢？

陈凯说：这没有规定数目，有待与受害人家属协商。

王自然说：我明白，协商好了告诉我。

事情出人意料地圆满。出了香格里拉大门，三人互相看看，长吐了口气。事已至此，还有什么可说的呢？

生活总是会有问题的，这是一外国电视剧女主人公说的话，很透彻。应中国的一句俗语："摁倒葫芦起来瓢。"王自然那里谈好了，受害人家属那边却起了波澜，谈不拢。陈凯带回来的情况，简单说是这样——去世老人的一儿一女，本来对庄小伟的赔偿是抱有很大希望的，后来得知他是个穷光蛋，希望落空，便搞起了内斗，儿子拿走了老人的存折、现金，闺女拿走了老人的首饰，可都觉得吃亏，发生争执。陈凯这回去，正闹得不可开交。一方准备告到法庭，而待这回陈凯再来谈赔偿，便意识到有戏，遂停止内战一致对外，一致就是狮子大开口。

提具体数目了吗？汤建皱着眉头问。

没有，只说低于一个数免谈。陈凯说。

一个数，就是一百万了。汤建说，问题是王自然能不能接受。

我觉得问题不大，王天一的命可不止值这个数啊。陈凯说。

可不能这么说，此一时彼一时啊。如果王天一是此刻掉到水里，只有庄小伟能救，一千万他也肯出。汤建说。

这我相信。陈凯说，对了，他们还有个条件。

什么条件？

一手交钱，一手交谅解书。

×！汤建爆粗口骂道。

下面该怎么弄呢？陈凯问。

汤建叹口气说：还能怎么弄，问问王，对方提的数目认不认可。

陈凯说：要是王肯出，你得和我一块儿去和那家人家谈。

汤建问：为什么？陈凯说：法官的话有分量啊。汤建说：可这是律师职责范围的事，法官出面，怎么说也有些越位。陈凯说：问题是庄小伟的情况特殊，本来这种事家里人最急着张罗，可庄的养父母不管不问。上回我动员他们把在镇上买的一处房子卖掉，替庄小伟赔偿，他们连考虑都不考虑，说那是给他们在镇上工作的儿子买的婚房，绝对不行。现在庄小伟有了这次机会，可不能错失啊。所以……

汤建说：行吧，我的意见是先找受害人家属谈，尽量把数目压低，使王老板容易接受。

陈凯说：对，别把他惹恼了。

七

中午食堂吃水饺，汤建买了一份，端回办公室，上电梯时，何彬匆匆追过来，也端着一碗水饺，问：你那儿有大蒜吗？他说：有，来吧。

七楼是刑事法庭的地盘，汤建有单独一间办公室，配一张单人床，加班晚了就睡在这儿。这些年刑事犯罪猖獗，刑庭加班是家常便饭，特别是当了主审法官后，有时连续几周回不了家。

边吃边说起各自主审的案子，一是借机对某些拿不准的事征询对方的意见；二是压力大，需要以吐槽的方式来释放减压。何彬这回审理的是“大案”，引起各方关注，甚至各种形式的干预。何彬发牢骚说：有言道，虎死有威，大人物成了阶下囚还威风八面哩。人刚解过来，各路人马便聚拢过来，大有要劫狱的架势。

汤建说：劫狱不敢，却是各怀鬼胎，有的是案件相关人，自己或派人跟过来打探消息，以应对自保；还有的是哥们儿前来搭救、运作，即使不能判无罪，也要最大限度轻判。

何彬问：你手头的案子怎么样了？

汤建讲了讲近期情况，随之叹了口气。

何彬说：你这么执着，是不是有些感情用事了？庄小伟毕竟置人于死地啊！杀人偿命是中国几千年的信条，院里改判也是可以的。

汤建说：不改判也是可以的，对于一条人命，两全相较，应取其生，不是取其死啊。何况庄确有从轻情节。

何彬说：院里也是从大局出发……

汤建打断：从大局出发就应该杀一儆百？

何彬点点头：说得也是。

大蒜呢？何彬吃完了饺子才想起来的初衷，又解嘲地一笑。

八

新年一天天临近，每年这个时候，法院便不立新案，集中力量清理积案，能结的结，不能结的令其撤诉，过了年重新起诉立案。这有点儿像脱裤子放屁，可似乎成了惯例，谁都无奈。庄小伟的案子属公诉的重大刑事犯罪，检察院自然不会撤诉，还在当结之列。庭里几次催促合议庭择日宣判，名副其实地“催命”。汤建嘴上答应，却是阳奉阴违，转而催促陈凯加速与受害人家属联系，落实赔偿问题，一旦如愿，便以此向院里提出恢复原死缓判决的理由，院里再坚持就没有道理了。

事情在陈凯那里耽误了几天，不早不晚，偏偏这当口他代理的一桩经济案在区法院开庭，他不敢掉以轻心，连日准备上庭材料。汤建只好等，心里却甚是焦躁。庄小伟这边一切均在不测中，拖不起。说起来，他与陈凯间，倒真形成“皇帝不急太监急”的局面。

冬至这天中午，陈凯来电话讲：区院那边的事暂妥，与受害人家属沟通，对方讲冬至是大节，不行，只能明天。汤建说：明天就明天，和他们定死。陈凯说：好。

下班前花花发来短信，两字：比，皮。换别人会一头雾水，汤建不会，他心领神会：是叫他买比萨和饺子皮。不知搭错了哪根神经，涛涛从小拒绝吃水饺，家里包饺子他吵着吃比萨，还没出国留学先练习吃洋食，未雨绸缪啊。

进门见涛涛在哭，一把鼻涕一把泪，很伤心。问了花花，方知是在学校里受了委屈，小组长拉拢全组同学孤立他。涛涛是小组长助理，负责收作业，小组长就让组员不给他，还朝他起哄。涛涛告诉班主任老师，老师也没好气，说他没搞好同学间团结。他更委屈了，回家就哭个不停。

汤建心里闷闷的，问：啥时候当了小组长助理？

花花说：刚上任两天。

汤建用鼻子哼了声：小组长助理？好大的官啊！前些天，花花就在他耳边嘀咕，说涛涛班级里搞竞选班级干部——班长、班长助理，另有几个委员，下面是小组长、小组长助理。投票结果，涛涛当选一个小组的组长助理，负责收作业，很得意，也很敬业。只因小组长想让另一个同学给他当助手，没成功，便迁怒于涛涛，于是掣肘，让组员与涛涛对抗。

汤建想转移涛涛的情绪，提着比萨盒在他眼前晃。要在往常，涛涛看见比萨会立刻抢过去；可今天，看都不看一眼，依然伤心地哭。他觉得事情有些严重，应过问一下，便问：你告诉爸爸，老师怎么说的？涛涛抽泣着说：老师说还是我不好，不然怎么会全组反对我？他就来了气，说：这是什么话！花花说：什么话？有成见呗。过教师节，我说在贺卡里夹上钱，你反对。后来打听一下，许多家长都送钱了，班干部家长送得更多。他说：不送钱就这样对待？那咱不当这个小组长助理了。涛涛，不干了，辞职。涛涛边哭边摆手：不，不。汤建说：辞了，咱不收作业了，让别人收咱的，更省心。涛涛更大声地哭，更大幅度地摆手，以示坚决反对。他不再说什么，却想起近期院里搞的中层干部调整，不由得叹了口气。

在沉闷的气氛中，过了冬至。汤建收拾好厨房（这是他分担的家务之一），到客厅跟在看电视的花花说：咱爹咱妈……花花打断说：是你爹你妈。汤建胸口似被顶了一下，努力压住，说：对，是俺爹俺妈，过几天要上来看病……花花说：来就来吧，我也没说不让来。汤建说：我的意思是商量商量来了怎么住……花花说：来看病，住病房里多方便啊。汤建说：住院也不是马上住得上，总得先落个脚吧。花花说：两间房子，怎么落脚？汤建说：要不和涛涛一起住？花花说：这怎么成，会影响涛涛学习的。汤建说：要不你和涛涛一屋，我和我爹妈住涛涛屋？花花不吭声，汤建就等着她的回答。在他们家，花花是一言九鼎的，凡事没她的许可不成，这也是像他这样的“凤凰男”的共同处境。比方何彬，他爹妈来，媳妇坚决不让进门，在附近的小旅馆租了一间房。何彬恨得牙痒，却也无奈。毕竟是个孝顺孩子，他在一星级宾馆租了个套间，让爹妈住进去。爹妈以为这就是儿子家，高高兴兴回去向乡亲们炫耀儿子当官了，房子阔得很。

唉。汤建长长叹了口气，从沙发上站起身，向自己的“电脑间”走去，却又被花花止住，说：我联系了一下郑律师，他们所要我，我想先去干着，等熟悉了这一套，便去大所当合伙人，或干脆自己注册……

汤建清楚这个家目前的一个“大题目”回避不了，便坐回沙发，说：上回姥爷姥娘的意见是值得考虑的。我在法院，你当律师，让别人说闲话。

说就说，这年头，就是肥水不流外人田嘛，有什么可避讳的？花花说。

这不妥，十分不妥。汤建连连摇头说。

不妥？那我问你，涛涛长大没房，找不着老婆，妥不妥？

涛涛还小……

乡下人的短视。

不是短视，是鼠目寸光。

对，就是鼠目寸光。花花针锋相对。

好，我不讲了。汤建说，站起来进了“电脑间”，却没打开电脑。

他怔怔地坐着，心里翻江倒海。想：真正鼠目寸光的是女人，是花花这样自以为是却蠢如猪的女人。强势，蛮不讲理，岂不知在制服人之前，先毁了自己的生活。都说男人有钱就变坏，摊上这样的老婆，不变坏对不起她。比如何彬移情别恋，正是基于对强势老婆的反抗。

不平的情绪愈来愈烈，怎么也不能咽下这口气，起身回到客厅，口气生硬地说：你拿了证，也不能当律师！

花花把眼光从电视上移到他身上，盯着问：你是下圣旨吗？下圣旨你没这资格，干了快二十年法院，连个副庭长都没干上，还……

你……汤建一时说不出话来，气得嘴唇直哆嗦，这是他的软肋。

一吵架花花就拿这个说事，可这是事实，他难以反驳。年年评先进，可提拔总没他的事。后来他明白，先进是群众评的，提不提拔是领导定，两股道。所以这回院里大张旗鼓选拔中层干部，许多觉得差不多的人忙于做工作，他无动于衷。

他嘘出一口气，说：我当不上庭长也是法官，你是法官的老婆，就不可以当律师。

拿出文件看看。花花说。

没这文件，可院里的内部原则——这样的法官不能提拔。

我还没当律师呢，你怎么就得不到提拔？花花顶了句，弄得汤建哑口无言。心里恨恨地想：这娘儿们倒是长了一张律师嘴啊。将来有一天对簿公堂，还真辩不过她呢。

花花把眼光又对向电视，嘴上宣告：律师是一定要当的。你要怕受影响，离婚是条路啊。

汤建没接话，心里却想：若不是看涛涛可怜，十次婚也离了。

这时手机在电脑旁响了，他赶过去接，是陈凯，问：明天谁开车。他说：我开。陈凯说：对，法院的车不怒自威啊。

九

在法院门口，陈凯上了汤建的车，小辜坐副驾驶。汤建问陈凯：庄小伟写给受害人家属的赎罪信带了吗？陈凯啊了声，说：忘了，走得急忘了。小辜讽刺：当官掉了印啊。汤建说：回去拿。陈凯说：拿也是白拿，上回我拿出来人家连看都不看，这东西真没用啊，人家盯着的是钱。小辜说：这倒也是，时间紧，走吧，头儿。汤建没再吱声，踩下油门上路了。

受害人是市郊卜家庄人，村民以农渔为生。这些年，城市向四周扩展，卜家庄就成了城中村，拆迁时每户都分得多套住房，将多余的房子出租，就可以坐享其成，不用劳动。

受害人的男人早年出海遭遇台风，没能回来，受害人历尽艰辛将一儿一女抚养成人。儿子卜万成曾是村里的民兵连长，现在接近退休年龄。闺女卜万华嫁在本村，如今俩人都是儿孙满堂。

汤建是在庭审时见到卜家兄妹的，他们情绪相对平和，没有过激行动，给汤建留下不错的印象。只是后来死磕庄小伟死刑立即执行，令汤建悻悻。

卜家庄被铲平后，前面建了一个大型商厦，后面建了居民小区，用于安置原村居民及商业出售。周围环境很好，卜家庄人在这里过上了悠闲的日子，用他们自己的说法是天天过年。吃饱喝足还有娱乐的地方，茶楼、棋牌室以及供老年人打扑克的亭子。卜家兄妹住的那座楼靠近一茶楼，协商就在茶楼进行。

快到目的地时，汤建看到那所高耸入云的商厦，二楼的超市便是受害人遇害的地方，换句话说就是庄小伟作案的地方。公安侦查案卷给出的情况是：庄小伟逃出商厦后慌不择路，直往东郊奔去，街头“天眼”捕捉到他逃窜的身影。当跑进一片野地，没了录像，人就消失不见了。警察拉网搜查，一无所得，人像钻进了地里。无奈，便采取通常的倒查方法，寻找到了庄进超市前的录像。以此为起点，往来路一点点查看，就查到繁华区一处为楼房加装贴砖保暖层的工地，在那儿守候，将摸黑回来取行李的庄逮个正着。一床破被子，换来一副锃亮的手铐。人穷志短，马瘦毛长。

陈凯来过这里，指挥汤建把车开到茶楼前面，进入二楼一间茶室，见卜家兄妹已候在那里。与法庭见时相比，汤建觉得二人神情平和多了，时间确实能改变一切。陈凯做了介绍后，大家握手落座，以东道主姿态的陈凯问兄妹喝什么，二人说不喝。陈凯笑说：二位别客气，进来了，想不喝都不成。卜万成说：那就茶。

理所当然由陈凯做开场白，他望望卜万成又望望卜万华说：大爷大姨，上回咱们谈过，我回去向法庭报告了情况，法庭很重视，所以今天汤法官和辜法官亲自来，目的就是取得共识，把问题解决好，争取双赢结果。

服务生递来了茶，放在桌上。小辜说：你忙你的吧，我们自己来。待服务生走后，小辜就担当了服务生角色，为每人斟了茶，放在面前。

喝吧。汤建端杯向卜家兄妹致意，自己轻轻啜了一口，放下杯后说：在法庭上没机会向你们表达对不幸过世老人的哀悼，以及对你们家属的抚慰，今天就用这个机会补上，诚心诚意。我十分理解你们的丧亲之痛，也希望你们节哀，生活还要继续，一切向前看。

陈凯附会：对，向前看，向前看。

汤建能听出陈凯的潜台词：不要向钱看。他的心端的沉重起来，恰恰是一个钱字，搅腾得生活那么混浊，人心那么暗黑。作为一个职业上抄“生活”底的法官，他几乎没遇到过与钱无关的案件。即使对极力想免其一死的庄小伟，他也是心怀憎恨，他想救的不是这个有罪的人，而是一条生命，鲜活的生命。

他说：前面的事情咱们都清楚，在这儿不重复，直接就说赔偿问题吧。本来，这事是谈不到的，想谈也谈不到，因为庄小伟穷，不穷也不会为一张回家的车票铤而走险。当然，我们也可以拿工程队是问，让他们补发欠薪，这不难做到，可就算补发个万儿八千也是杯水车薪，解决不了问题。说白了，你们家属不会答应，是吧？

他顿顿，想等卜家兄妹接话，却没有。二兄妹相互看看，紧闭着嘴巴。

他继续说下去：这是现状，谁都没办法，我们法院也没办法。就是说如果没有转机，庄小伟只有为自己的罪行伏法，过不去这个年。

卜万成按捺不住，说：上回陈律师讲事情有了转机嘛。

他说：对。

他脑袋快速旋转，要不要把“转机”的全部过程讲给他们听？即转机是从庄小伟从前的救人之功转换而来。想想，觉得还是讲出来好，王老板的知恩相报好情怀，也许会“转换”成他们对庄小伟的怜悯，或者说会减低些庄买命的价码。

主意一定，便说了。

卜家兄妹似乎都有些怔，过了许久，卜万成说句：原来是这样的啊。

卜万华说句：那王老板心眼儿还不坏，不认账谁也没办法啊。

汤建点点头，说：对，有句话叫人心都是肉长的，富人也同样啊。

卜万华点点头。

卜万成说：汤法官，我明白你的意思，你说吧，这事咋办?

汤建心头一喜，说：还是我刚才说的，咱们协商一下，协商出一个可行的赔偿数额。可行，就是王老板能接受。

卜万成打断问：王老板讲没讲他能接受多少?

汤建说：没有。但有一点，你们上回提的百万以上，这数目怕难以接受。

卜万成问：一百万多吗?又自己回答：不多，他儿子的命可不止这个数。

汤建说：没错，不止这个数。可此一时彼一时，要是现在有人把刀架在他儿子脖子上，向他要一千万、一个亿，只要他有，一定会毫不犹豫地往外掏。

这时，小辜被服务生叫出去，回来塞给汤建一个纸条。汤建扫一眼，上写：卜家老太太有癫痫病。他装进口袋，心中愤愤想：这一对庄小伟有利的情况，陈凯本应调查得到的，有言“群众的眼睛是雪亮的”，而这陈却热衷于写狗屁诗，把该干的忽略了，他不由得瞥了陈凯一眼。

陈凯有所误会，以为汤建让他接着往下说，于是便开口道：卜大爷、卜阿姨，汤法官说的是实情，虽然王老板不是忘恩负义的人，可要是让他觉得你们是在讹他，以有钱人的脾气，一翻脸，一个子儿也不会出，信不信？

卜大爷、卜阿姨没回答信还是不信，只相互看看。

汤建心想：陈凯这话倒是有力。希望卜家兄妹能受到触动，或者说担忧，面对这一现实。

可没有，卜万成黑了脸，恨恨说：他有钱人脾气大，俺平头百姓脾气也不小。还是那话，他出不够数，免谈！

陈凯问：这样吃亏的是谁？是王老板，还是你？他一发脾气，省了一笔；你一发脾气，丢了一笔。

卜万成不吱声了。

卜万华试探地问：那么要多少能不把他要毛了？

陈凯说：这个谁知道呢，看他的心情了。心情顺溜，给你四十万五十万，心情不好呢……

卜万成打断：哈，俺老娘一条命就值个四十万五十万？开什么玩笑？

陈凯说：这是往多处说，要给个二十万三十万呢，你要不要？

卜万成说：不要！四十万五十万也不要！

陈凯问：那么他给多少你能要呢？

卜万华说：这个嘛……

卜万成担心妹妹言说有错，连忙说：俺们不是说了嘛，健健康康一条命，低于一百万免谈。

又回到原点。汤建心里有些窝火，顶了句：真是健健康康的吗？据我们了解，老人家是有病在身的。

胡，胡扯，卜万成有些急，你讲清楚，有啥个病？

癫痫。汤建轻轻说。

卜家二兄妹瞪大了眼，包括陈凯。

卜万成有些急，问道：你们去医院查病历了？

汤建没回答，也无须回答，只是看了陈凯一眼。

陈凯说：法院完全有权力在全市、全省、全国追查事实。

卜万成承认了事实，说：俺妈是有这病，可有病庄小伟就无罪了吗？

陈凯说：有罪，但情况就不一样了。

卜万成问：怎么不一样？

陈凯说：这个你问问二位法官吧。

卜家兄妹把眼光转向汤建和小辜。

小辜说：陈律师，你通法律，还是你讲吧。

陈凯说：行，我说就我说。你们的母亲有可能是惊吓中犯了癫痫才滚落下去致死，作为庄小伟的律师，我会向法庭申明。

卜万成说：就算是这样，癫痫也是因为庄小伟的犯罪行为引起的。

陈凯说：这和直接推下去，情况就不一样了。

卜万成问：咋的不一样？

陈凯说：量刑不一样。也就是说，即使你们不给出谅解书，法院依然可以从轻处罚，判死缓甚至无期。

卜万成哑然，验证似的看看汤、辜二法官，后者表情淡淡。

陈凯说：这样，到手的钱你们是要还是不要？

十

苍蝇也是肉，何况这笔钱能买若干吨的肉。最后停留在六十万人民币这个数目上。

卜万成又提出加六万，六十六万，六六大顺。汤建应了。

离开茶楼，小辜开车，汤建迫不及待地给王老板打电话，讲了与受害人家属商定的赔偿数目。王说：可以的，让他给个账户，让北京的公司打进去。大家松了口气。

回到院里，汤建立刻找到董庭汇报，董庭用鼻子哼了声，说：算识时务的，不然一分钱也拿不到。又说，他会把这新情况向院里汇报，争取……董庭没再往下说，可他清楚争取的是什么。

回到办公室，汤建有些疲惫，更多的是兴奋，身体与精神脱节，他想到那个从天而降又起了关键作用的字条，不用说是知情人出于对卜家的恶意透露出来的。恶倒生出了善果，也是生活的怪异。小辜没见到这个人，是服务生转交的。没自报家门，只说交给法院的同志。该提供情况应该是真实的，能否起到陈凯吓唬卜家兄妹那种作用还很难讲。好在已与卜家达成了协议，且王老板已认可，这一条就不重要了，只等钱来了去换回庄小伟的救命书。有了这个，院里也就不会坚持原来的意见了。

有电话来，座机，是郑律师，也就是花花欲投奔的“宏程律师所”的郑主任，一听是郑的声音，他立即清楚所为何事。果然，郑说到花花的要求，并立即向他表态：大哥，我们欢迎嫂子前来加盟，没问题，一点儿问题没有。

是没问题。哪个律师所不希望有个法官的老婆当卧底？便生硬一笑：郑主任，你没问题，我可有问题啊！对你讲，这事不行。

郑说：大哥我明白你的想法，可你见外了，到老弟这儿还不放心吗？

他说：不是放心不放心的事，是原则。

郑说：没原则这一说，这种情况不是很多吗？

他说：别人我管不着，我只管自己。

对方不言声了。

他意识到自己的态度有些生硬，和缓些说：小郑，谢谢你的好意，既然你叫我大哥……

郑打断说：你是我永远的大哥。

他说：那就听大哥的。

郑说：我当然听大哥的，可嫂子那边？我已经答应她了。

他说：找个理由，变卦，或者干脆说我坚决反对。

郑说：好，我听大哥的。其实我是好意，你知道的，我欠你老大一个情，一直想……

他说：好了，小郑，别说这桩事了，我还有事，挂了。

中午，在食堂遇见何彬，所谓遇见就是会合，面对面坐一张餐桌，边聊边吃，吃完聊完。都知道他们俩是同学兼好友，习以为常。

何彬低声说：倒霉了，倒霉了。

何事惊慌？

小廖那个了。

哪个了？

怀上了。

做了没？

做了。

这不结了？

没这么简单。

简单？莫非你们想生下来？

不是。

那是啥?

让李山山发现了。

哦，这麻烦了。她想咋?

说要找院领导。

早警告过你，这一套不好玩儿，早晚不利索。

现在说这个没用，没后悔药。有，一定吃。

要我做啥?

请嫂子出面，她俩好，劝山山别把事闹大。

时机不对。

你们俩吵了?

可不。

那咋办?

回去，我见机行事吧。

OK，OK。

没有 OK，傍晚下班前董庭把汤建找去，告诉说何彬老婆已在院领导处控告了何彬。汤建在心里喊声：糟！问：院里有何处理意见？董说：这种事怎么处理，只能做做表面文章。正好市里让院里出一名党员干部去市郊村里当第一书记，叫他去。汤建心想：院领导高，实在是高，表面看起来是处理了何彬，实际上是让他出去避避风头。另外也是对那个强势娘儿们的变相惩罚，瞧不起从农村出来的老公，把他送回农村去，让你单起来，自己带孩子忙家务。他问董庭：那何彬手头的案子呢？董庭说：只能换人了。他哦了声，想：这又对了何彬的心思，他一直抱怨这个“副省”案弄得他焦头烂额，从省城和京城来为其“运作”的人络绎不绝。本来这样的案子应该由领导挂帅担任审判长，以示重视。交到何彬手里，显然领导有意回避难题，这就叫何彬受罪。现在何彬得以解脱，也算是因祸得福了。他问董庭：让何彬撤，谁顶上？董庭说：你。

我？汤建不胜惊讶。

对，你。董庭确认。

可我手头有案子，没法啊。汤建连连推辞。

情况我知道，这两天抓抓紧，结了。结不了也不要紧，两边兼顾。

我……汤建嗫嚅说，无法反驳。一般来说，法官是愿意审理重大案件的，一是领导看重你，让你挑重担。另外对自己也是种历练，有利于仕途发展。然而对于汤建，事情就不是这样，多年得不到提拔，心已疲了，没上进心了。更重要的是这些年看透了许多事，法官是一高危职业，尤其是中层以上的领导，手里有左右案子的权力，出事就多。自己在乡下教了一辈子书的老父亲应是看清了这一点，不赞成他热衷于升迁，树大招风，位置愈高，跌下来愈重，平安是福。

他看着董庭说：庭长，这个案子太大，我怕担不起来。

董庭笑说：没问题的，案大案小一个路数。大案反倒事小，现在经济犯罪，不用死刑，压力小多了。

他说：这样的犯罪嫌疑人更难缠，嚣张。何彬说他的副省级干部全盘翻供。

董庭说：铁证如山，还怕他翻供？

他说：董庭，有事你得替我顶着啊。

董庭说：这还用说，放心，明天我就让何彬和你交接一下，让他早点儿下去。

他点头称是，心情却一点儿也不轻松。

十一

与何彬交接后，汤建开始阅卷，边阅边与合议庭另两位年轻法官交流切磋。这期间，为副省级干部辩护，来自北京的金律师打电话约见，他回答等阅完卷再说。金律师说有重要事情相商，请他屈尊到香格里拉咖啡厅一见。汤建对这一套自然不陌生，生硬地说：不必了，等庭里的电话吧。金还想啰唆，他扣了电话，心想：自己刚接此案，金从哪儿得到手机号码的？当然了，律师的本事正体现在这里。这些年与律师打交道，他的信条是你有千条妙计，我有一定之规，就是不收钱财。有这一条，就能腰上绑扁担——横着走。

看完卷宗，汤建不由得陷入沉思，官员贪腐的案情就像从一本教科书上扒下来的，惊人地相似。这位副省级干部很年轻，“60后”，出生在农村，背着破书包从乡道上一步一步走进城里的大学校园，然后工作、升迁，结婚生子，算是一个老牌“凤凰男”。其人生轨迹是一条攀山的索道，升上去又滑落下来。一般来讲，看完案卷，法官首先在心里掂量的是刑期，以这“副省”的案情，以前应是死刑到死缓之间，现在应是死缓到无期之间。由于出现翻供，该案将会经历一个漫长而艰难的过程。因此，他想尽快将庄小伟案终结，以便集中精力投入后案。

说起来，庄小伟案也确如董庭所说只是一个扫尾，只等卜家给出谅解书再向领导汇报。如同中东的“石油换食品”，是赔款换谅解，只有赔偿款到位方会得到谅解书。问题在于达成了协议且已得到王自然老板的认可，过去好几天了，事情没有进展。卜万成一天三遍电话告知没一分钱打进他的卡里，这是怎么回事？是王变卦？不大可能，这点儿钱对于王可谓九牛一毛，何况还有一个信誉问题。可问题到底出在哪里，他几次想打电话向王询问，又觉不妥，心中忐忑不安，直到第五天王给他打来电话。王先表示歉意，解释说有事回了北京一趟，刚回来，他带回一张卡，希望由法庭转交卜家，这般更稳妥。汤建的心松弛下来，觉得王自然想得更周到妥帖，便说：此般甚好甚好。问他在哪里交接。王说：我还住香格里拉，你过来吧，晚上咱一块儿吃个饭，叙叙，你这人可交。一听吃饭，汤建不由得皱起眉头，刚想婉拒，王将电话挂了。他想打回去说辞，又觉不妥，旋即给小辜打电话，说了说情况，让他过会儿一块儿去。小辜听了也十分高兴，说：这个饭得吃。

冬日天短，下班时天已黑下来，下着小雪，路面在路灯下闪着惨白的光。到了路口，红绿交替的信号灯在眼前呈现出无限的诡异。

小辜突然开口说话：老汤，是不是应该叫上陈凯，律师在场好。

汤建说：我叫了，他说今晚参加朗诵会，不能缺席。

小辜愤愤地说：他应该清楚这是工作，更不能缺席。一直不在状态！

算了。

五星就是五星，永远有泊车的空车位。进了富丽堂皇的大堂，立刻有一服务生上前鞠躬：请问二位是王总请的客人吗？小辜说：是。服务生说：王总在房间等候，请跟我来。

果然，王自然已在宴客厅的沙发上吸烟，见他们进来，起身与他们握手，笑道：谢谢赏光，入座吧。

刚坐下，从外面进来一个西装革履的中年男子。王自然为其介绍：这位是汤法官，这位是……

汤建说：辜法官。

小辜伸出手：小辜。

王自然指指中年男子：这位是金律师，在京城大名鼎鼎啊！

金律师说：过奖过奖，与王总比……不值一提的。

金律师？汤建在心里沉吟，好像……

王自然并未为他解疑，询问客人吸不吸烟，喝什么酒，喜欢什么菜肴。

汤建一一回答：不吸烟，喝点儿啤酒，菜随便。

金律师说：这里的法式菜还行，就……

汤建说：可以的。

金律师说：法式菜应该配葡萄酒，我带了瓶三十年拉菲。

汤建不愿再啰嗦，说句：也行。

寒暄从谈雾霾始，不是时尚也是时尚。王自然说：回去这几天，北京的PM2.5超过了300。赶紧撤，没想到这儿也好不到哪里去。金律师说：可不是，这熊东西跟得紧，让人插翅难逃。网上说若在北京街头站半个小时，吸进肺里的雾霾等于吸了八盒香烟。王自然说：这么讲我一天吸一包烟可以忽略不计了。小辜说：王总这是给自己不戒烟找理由啊。王自然说：有人问大画家黄永玉长寿的秘诀是什么，他讲了三条：喝酒、抽烟、不锻炼。小辜说：王总是自我安慰啊。不过，人有时候就得有点儿阿Q精神。汤建说：是的，阿Q

精神有利于身心健康。若是阿 Q 不被假洋鬼子砍头，活过百岁是不成问题的。电视台会去采访，问他咋这么能活。小辜说：试想他会怎样回答呢？金律师说：因为心里总是装着“革命”，别无挂碍，所以才长寿。都笑。

说话间酒菜便上了桌，王自然端杯表示欢迎，碰杯后一饮而尽。

汤建、小辜也不失豪爽，一仰脖全喝了。

王自然带头鼓鼓掌，金跟随。

下面，就是王在电话里说的边吃边聊了。

不想王一开口，便让汤建心头一惊，原来是场鸿门宴啊，见过直抒胸臆的，没见过这等直抒胸臆的。

归纳起来，王说了这么几层意思，或者说交了这么几个底：他这次来海城是为“副省”的案子来的，“副省”是他的好友，也是贵人，为“副省”他可以两肋插刀，现在“副省”绊倒在这个坎上，是不能坐视不管的。

金律师同样实话实说：我是当事人的辩护律师……

汤建在心里啊了一声，这人给自己打过约见电话的……

金似乎走进了汤建的内心，说：是的，我给汤法官打过电话，汤法官非常自律，回避，我理解。不过，见见其实也没什么……

汤建说：金律师应该清楚，见应该在法庭上的，不可以在别的场合，更不能一起吃大餐。

金一时哑口。王自然赶紧解释，说：汤法官别多心，今天我是东道主，是我把他叫来的，为一个共同的目标走到一起来的。哈！咱们干杯！

金说：哈，干杯。

汤、辜对视一眼，也端起了杯。

干杯后气氛有些异样，失去话题，一味地喝酒吃菜。心也不在这里，听不见服务生报的菜名，也吃不出什么味道。

还是王自然打破沉寂，依然是不藏不掖，说：是这样，我们知道何法官犯了生活错误，已离职，案子到了汤法官手里。也没什么，就是想问问情况。

汤建问：哪方面情况？

王自然说：到了这一步，自然是量刑了。

汤建想：王自然今天打的是豪放牌。说：能理解王总的心情，人之常情嘛。从进度上看，还不到着眼量刑的阶段。不过案子摆在那里，前有车后有辙，以我所见，应该在死缓与无期之间。

小辜不由得看了汤建一眼。

汤建说：没关系，王总不是外人，可以谈谈个人观点，反正最后一切还是领导定。

金律师说：领导定也是在合议庭意见的基础上，所以合议庭或者汤法官的意见至关重要啊。

汤建意识到，他们已经与院里相关领导接触过了，领导能怎么说？也只能这么说，这倒意味着是敷衍，没有帮的意愿。

王自然说：汤法官，这么量刑，重了，太重了。

汤建说：这是现在，从前判死刑也是正常的。这个金律师应该清楚的。

金律师辩驳说：从前这么量刑也是偏重了，经济犯罪，国外没死刑这一说。

小辜插了句：可这是在中国。

王自然像下结论似的重复着：重了，太重了，汤法官！

王领导人般的语气让汤建在心里打了个怔，很快明白过来，王这种反常的说话方式是因为他有底气，他手里有个人质——庄小伟，可以此交换。他出钱保下庄的命，你汤，须对“副省”放一马，从轻量刑。想明白这一点，酒便一齐往脸上涌，气也喘粗了，可恶，王是绑他的架呀。他第一个念头是回击，不能让他牵着鼻子走，对于一个法官，这是奇耻大辱。刚想言声，另一个念头升上心头：如此，庄小伟怎么办？费了这么大的周折，最后功亏一篑。他咋这么倒霉？对于自己，也不甘心。

小辜自不是个迟钝的人，汤建意会到的东西他同样意会得到，他担心汤建完全把事情搞糟，看着王自然说：王总的想法我们是理解的，如何量刑是今后的事，我想我和汤法官会考虑王总的意见的。

汤建附和：是的，是的。

王不依不饶，说：谢谢，谢谢你们给我这么大的面子。不过，我还是想听听你们稍稍具体些的意见。

金附和：对，还是具体说说想法为好。

汤建问：那你们的具体想法是什么？说说，看看我们能不能达到。

王看看金，点点头。

金说：十年，不得超过十二年。

汤建说：知道了，知道了。这个嘛，你们自然希望越轻越好了。

王问：汤法官、辜法官，我想听个准话，到底行还是不行？

简直是讹诈！谁给他这个权力，汤建陡然意识到，他们在录音。自己一旦给了许诺，录音会让自己百口莫辩，陷入极度被动，甚至万劫不复。他清楚谈话只能到此为止，这是条底线，万不可逾越。

他端起酒杯，向王老板敬酒，说：谢谢王总的盛情款待，干杯！

王端起杯，摇了摇头。

告辞时，小辜婉转提醒王自然这次会面的初衷，说明天就带卡去卜家换出谅解书。

王自然似乎没听到小辜的话，打起哈哈，冲金讲：金律师替我送送客人。二位，后会有期，后会有期……

回程车上，汤、辜二人一句话没讲，心情坏得无以复加。

十二

回到家，小辜打来电话。这是必然的，他不打自己也会给他打。刚经历的这件事太“他妈妈”的了，谁都咽不下这口气。

一听电话，汤建倒有些意外，他本以为小辜会大骂王自然，却没有，还表示对王理解，说王将“副省”与庄小伟绑在一起，也属无奈之举，他想帮庄小伟是真，帮“副省”也是真，希望合并同类项，双赢。问题在于在他那里可以，在我们这里就不可以。现在需要考虑的是，我们要不要放弃庄小伟，能不能放弃庄小伟？要是能，事情倒简单了。要是不能……

他打断说：就是不能嘛。能，这个案子早就结了……

这时花花走进“电脑间”，似有话说，他赶紧摆摆手，继续对小辜讲：明天一上班，我就找董庭汇报，如果他能同意给王老板一个许诺……反正我看够呛。

小辜说：够呛不够呛也得这么做，孩儿哭抱给他娘。

他说：明天咱俩一块儿找董庭。

放下电话，花花问：汤建，你今天跟郑律师说什么了？

汤建说：没有啊，连电话都没通，能说什么？

花花质疑地看着他：这就奇了怪了，怎么讲好的事说变卦就变卦？

汤建依然装糊涂：讲什么事？不行我和他讲讲嘛。

花花哼了声：你有那么好？不砸锅就谢你了。

汤建在心里说：告诉你花花，这锅，老子是砸定了的。

董庭的意见很明确，说：和法院来这套，开哪国玩笑？凭昨晚这事就可以把他先抓起来。干扰司法。

小辜说：所以才向你汇报嘛，有您这话我们就有底了。

汤建却是另一番心思，说：董庭，庄小伟好不容易得到这么一个机会……

董庭说：事到如今就别说这个了，总不能拿原则与他人做交易，这要犯大错误。

汤建说：我知道。要这样，庄小伟是会打上诉的。

董庭说：这是他的权利。哎，不是听说不上诉吗？

小辜说：那是本人不抱希望，连律师都告诉他上诉没有用。

董庭问：律师能说这话？

汤建说：对，是庄小伟亲口对我讲的。

董庭愤愤道：还有这样的奇葩律师？他不想吃这碗

饭了？

汤建说：确实，他的心思不在这上面。

董庭问：在哪儿？

小辜说：写诗，朗诵。

汤建说：有业余爱好不是问题，问题是忽视了本职工作。要是律师给力，庄小伟的案子也不致判死刑。所以我想，一是让庄小伟打上诉，二是换律师。

董庭沉思一下，说：我们是法院，不是他的家属、律师，这样是越俎代庖啊。

汤建说：庭长说得对，可面对明显的不公正，法院是可以干预的。

董庭说：这没错，可你想过没想过，一旦二审打赢，就是对一审的否定，作为一审法官，这可不是好事，会影响一切啊……

汤建说：这个我知道。说来说去，是觉得庄小伟罪不至死。对了，庭长，我想问一句，我们一审的死缓判决，院里是应该认可的。院里领导都算是法学专家，有理论有实践，为什么这回要死磕庄小伟。

小辜说：论究起来，是院里与我们合议庭死磕，也包括庭长你。

董庭不言声了，过会儿说：对你们讲，院里有院里的苦衷。

汤建说：有什么苦衷？能不能对合议庭透透气？

小辜说：庭长说说嘛。

董庭摇摇头，苦着脸说：其实是不好讲的，不讲你们又死磕我。简单说院领导去政法委汇报工作，说到近期频发的抢劫杀人案，也是庄小伟背时，另几个比他的案子大，偏偏没致死人，庄小伟致死人了。领导怒道：像这种恶性犯罪可杀不可留……

领导终于亮出了领导的底牌，原来症结在这里。

汤建说：这属于情绪化语言，不算指示，何况司法是不能听任何人指示的。董庭叹口气，说：各有各的难处。唉，不说这个了。庄一审宣判后，可以暗示他二审，律师不给力，也可以换。

小辜：换哪个？哪个愿无偿劳动？

汤建灵光一闪，想起一个人来：郑律师。

十三

回到办公室汤建即刻给郑律师打电话，郑像往常那样嘻嘻哈哈：首长，有什么指示？讲。

当然不能在电话里讲，他说：没指示，晚上请你吃韩国菜。郑律师说：我请你请不动，也不用你请我。是不是嫂子的事？和你闹饥荒了？你想想，好不容易考出来了，不让人家干，能甘心？汤建说：自作聪明，不是这档事。

韩国料理在城东，一条小巷子里。进口牛肉，是肉香不怕巷子深了。郑律师从包里拿出一瓶从台湾带回来的“金门”，配肉正好。房间小，气氛静穆，加上两人相熟，没什么客套，吃就吃，喝就喝。汤建多次受理过郑代理的案子，也是巧了，都是郑胜诉，尤其是一个大诈骗案，郑帮当事方挽回上千万损失，事后送了汤建一张十万元的卡，汤建退回。郑讲欠汤建一个人情，应是指这个。

就说事，反正时间充裕，汤建就一五一十将庄小伟案的前前后后讲给了郑听。

哪个所的律师？郑律师问。

先别问这个，谈谈案子。汤建说，当局者迷，旁观者清，你帮我理理清楚。

郑略加思索，说：重罪不疑，辩护不力，判决正确，干预无理。

汤建说：大实话，这些我清楚，我是问假若打二审，情况会怎样？改判的可能性大不大？

郑说：就本案说改判的可能性有，大不大，不敢说。

讲。

不确定因素太多，也就是人为因素太多。

比如？

比如代理律师的能力，是否认真努力。比如二审法官是否认真阅卷，对法律条款的掌握，甚至人性的善与不善。

人性善与不善？

不错，要是碰到你这样的，庄小伟二审肯定能过关。

嗐，这是什么话，讲过关，我一审就让他过了，倒不是善良不善良的问题。

那是什么？

说不清。

二人干了一杯。

汤建又问：老郑，你说可不可以豁出去，就与王老板妥协？

郑想想说：既然你们庭长不同意，你这么做，可是犯上作乱啊。不可取。还是让那庄打二审吧。你请我吃饭，不就是打我的主意，给庄当律师吗？

汤建没言声，向郑举起酒杯。

干！

十四

世事无常，还真是这么回事。就在要开庭对庄小伟宣判死刑的前几天，郑律师给他打来电话，讲他回去，想想觉得打二审对庄小伟实在是不利，还是争取一审解决为上。便先后去了两趟卜家庄找卜家兄妹协商，看是否能在最后关头放庄小伟一马。头一回没解决，可看出些端倪；第二回去便分头与卜万成、卜万华谈。卜万成仍然油盐不进，卜万华倒有些怜悯庄小伟了，说：这孩子没有一个亲人管，可怜见的。又说：这事容她再想想。汤建问：后来呢？郑说：刚才给他打来电话，说她可以给庄小伟出谅解书。汤建一怔，问：不要赔偿了？郑律师说：对，问要是她自个儿在上面签字管不管用。我告诉她管用。她说：那你们来吧，我出证。汤建一拳砸在桌子上，说声：老郑，咱们去。郑说：不过……

汤建的心一沉，问：怎么啦？郑说：她有一个条件，让我们帮她打一个官司。汤建问：她和什么人的官司？郑说：她哥卜万成。汤建哦了声。郑问：要不我去你那儿当面说说情况？汤建说：你先在电话里讲讲怎么回事。郑就讲：原本卜家老太太名下有一套房产，自住。后因癫痫病频发，就搬进卜万成家，房子出租，租金作为老太太的生活费由卜万成收取使用，卜万华亦认可。而在老太太去世后，卜万成并未与妹妹分割租金。卜万华提出异议，卜万成置之不理。也就在前几天，卜万华发现该房产已过户到卜万成名下。她追问，回答是他是卜家唯一的儿子，又一直抚养老太太，房子理应归他。卜万华不认同，决定打官司讨回应由她继承的一半房产。汤建想想说：如今这种官司很多，法律上的规定比较明确，这官司应该好打，你也可以代理。郑说：问题是她要保证能赢。汤建心中一阵不爽，苦笑。又是要挟。可谁又能打这个包票？他问：郑律师，你能吗？郑说：她不是要律师保证，而是法院。汤建说：开什么玩笑，官司还没开打就让法院出保证？郑说：为了达到我们的目的，也不是不能，只是工作做在前面，与民庭谈谈情况，看看能不能赢。汤建顿了顿，说：先挂了，等我想想再打给你。

想什么呢？他真的有些茫然，苦笑笑。如果面对镜子，他定会发现自己笑得很难看、很无奈。刚才听郑讲，卜万华宽宥了庄小伟，即使是在她已知赔偿无望情况下做出的决定，他依然对她充满尊重与感谢。却不料她后面还有个“附加”，即与王老板同样的“石油换食品”。这让他无限悲戚，世事诡异人心不古，正如人们所讲，生活如同拉满弦的弓，只要发现猎物便万箭齐发，只有“宜将剩勇追穷寇”，没有“退一步海阔天空”。不过与王老板的要挟相比，卜万华的这一要求还好接受一点儿。正如郑所言，只要从民庭弄清相关法律刻度，如果能打赢，给她个口头保证亦未尝不可，即使有些剑走偏锋。

他用座机拨了民庭小马的手机，小马听明白了事情的过节，笑说：老汤，你问我算问对了，我刚刚审结一桩与你讲的一模一样的房产案，没有老人的有效遗嘱，过户无效，房产平分。他仍不放心，又问小马：有没有例外？小马说：没有例外，哪个法官都会这么判。他的情绪顿时高涨起来，谢过了小马，他长长嘘了口气，然后拔了郑律师的电话，哆嗦着嘴唇说：老郑，咱们走，去见卜万华，立马！

魂归何方

一

今年是母亲百年诞辰。因身体有恙，错过了清明节，直拖到端午方回老家给母亲上坟。我们祖上的茔地原本在村子东北三里处，1958 年集体迁到现在的岘村西山下。此处风景甚好，山峦叠起，树木葱茏，水溪清澈，如祖先有灵，对这处新居当会满心喜欢。西山是半岛脊骨昆嵛山的余脉，沿山间小路再往西，便是姥姥的村子——枣园。八十多年前一个“好日”，迎娶母亲的花轿伴着吹吹打打的鼓乐，把花季的母亲从山里抬到河边上的泊子村，与父亲拜了天地，成了爷爷、婆婆的儿媳。说起来，母亲与父亲的这段姻缘初始颇具浪漫色彩，不是通常的父母之命，媒妁之言，而是我婆婆的“钦点”：母亲的大姑（我叫她姑婆）嫁在我们村，少年母亲来走亲戚，在村街上被婆婆瞧见，见这个“眼生”的小女孩儿眉眼清秀，神情可人，不由得动了心思，待打听到尤物之来处，便一刻不停地让姑婆带着礼物去枣园给八岁的我爹提亲。那一年母亲也八岁，同属牛。

由于下面会提到的一些让人感叹的原因，几十年来我是头一回到西山茔地上坟。难以寻觅，便让本家侄子廷保引带。我俩在牟平城会合，坐上一辆三轮出租车去往西山。望山跑死马，车死不了，可累得呼呼喘。就在廷保快要把我带到家族的茔地时，手机振铃了，一听是在牟平城工作的表弟育生。他像惯常那般先呼了声风响哥，接着告诉我说他妈（我老姨）快“不行了”，问我能不能赶回来料理后事。得知老姨病危，虽心里难过，却不怎么吃惊，老姨九十六岁了，十年前中风，在那座条件很差的私人养老院里能活到今天，已算是奇迹了。尽管如此，可育生叙说这件事时出奇的平静，我端的生出不悦，心想：这就看出是不是亲生的了。我告诉育生，我已经回来了，正赶往西山给母亲上坟。育生啊了一声，说：真巧啊。我知道“巧”字是冲着去年回来的那次，我坐大巴行驶在青威路上，行程安排是先去威海给宋宁的父母扫墓，后转道牟平看望老姨，路经乳山时接到育生的电话，说：风响哥，俺妈快不行了。我问：什么情况？育生说：陈病犯了。“陈病”就是老姨说的“心口痛”，大夫说的冠心病。育生问我能不能回来一趟，后事需要商量。我告诉他正在赴牟平的路上，他啊了声，说句“真巧”。我连忙改变行程，在乳山下车，跳上一辆开往牟平的"小公共"。到了养老院方知，正是这"真巧"挽回了老姨的性命。老姨没被送进医院，社区的医生正在等育生做出是否抢救的决断。我到了，责任转移，决断就由我做，立马将老姨送到医院抢救。大夫说再晚一步就不行了。这回，我不知老姨"不行了"是怎样一种情况，心里很着急，顾不上给母亲上坟，立马让出租车掉头返回牟平。

在养老院门口与廷保分手时，廷保告诉我：从东北来了一封信，是写给他锡诚爷爷（我爹）的。我哦了声，心里犯起了嘀咕：我爹已去世十几年，且生前一直在烟台，今天怎么能有人把信寄到老家？我问廷保：信在哪里？廷保说：在家里。我说：抽空我去拿。

二

进了屋，见老姨在睡觉，确切地说是昏迷。育生坐在对面床上，见我进来忙站起身，问句：风响哥这么快就来了？我没吱声，冷着脸。我这人难以隐瞒心中的情绪。吊瓶已挂上了，显然是与我通了电话，知道医疗费不成问题，才叫大夫打上的。我站在床前默默地注视着昏睡中的老姨，心中泛出酸楚。心想：什么叫晚景凄凉？这就是了。刚才进大门时，我问养老院的女老板老姨怎么样了，女老板叹口气说：能怎么样？等时辰呗。人人都躲不过“等时辰”这生死关口，情景却大不一样。不过话说回来，老姨现在撒手西去，走得了无牵挂，未见得不是另一种意义上的善终。记得母亲去世时，有人劝她把一岁的弟弟接过去当儿子养。她没同意。多年来我一直考虑这个问题，她是觉得自己还能生育（那年她三十岁），等着要自己的孩子？还是那时便料到今日每况愈下的世风——亲生儿女都不情愿养父母，何况不是从自己身上掉下来的两姓旁人，才不接受？

我长叹一口气，转过身望着依然站着的育生，问：大夫怎么说？育生说：大面积心肌梗死，怕是醒不过来了。我又问：怎么不送医院？育生慌乱地躲避我质疑的目光，吞吞吐吐说：是大夫不让动，说一动就断气了。

我自是不相信，本想就他的自私冷漠刺他几句，以泄心中之不平，可想想自己作为老姨的亲外甥，做得又如何？与这许多年来老姨对我的关切相比，自己做得很不够，并未占领道德高地，与育生相比，五十步笑百步而已。我叹了口气，问育生他说的“商量后事”是指什么，有什么不好解决的问题吗？事实上，老姨这种情况的“后事”应很简单，火化入土也就一了百了。自然，滩上老房子及一应家当由育生继承，别人不会染指。他还要怎样？

育生犹犹豫豫说：别的倒没什么，就是把俺妈埋在哪儿，这事不好定。

我哦了一声，转身看看面庞安详呼吸均匀的老姨，再看看育生，随之走出房门，育生亦领悟地跟了出来。当着活人的面说埋葬可是犯大忌的啊，哪怕这活人已不省人事，也不行。

我俩沿窄窄的楼梯下到一楼，出门走到路边的一棵梧桐树下。这时日头西下，小城像披着一件橘黄色的罩衫，呈现出非现实的诡谲，一时间竟觉得置身阴曹地府中一般。

待从冥冥中回到现实，我望着育生问：葬在哪儿还存在问题吗？问这话时我明显带有情绪，已意识到他是不想让老姨与他亲爹妈葬一处。那年，他父亲过世时，我从青岛赶来，与送葬队伍一块儿去到昆嵛山下的于家茔地，那时育生的亲妈已在此处等候夫君多年。望着老坟旁边隆起的一丘新坟，不知怎的，我当时并没有想到老姨百年后的归属，这注定早晚会到来的尴尬。这尴尬自然要涉及育生，就是说他得认可墓地上“明摆着”的一父二母的现实。

让我没料到的是，此时的育生说：把俺妈埋在滩上（他村）没问题，我能接受，老辈子这种事多着哩，活时在一起，死时也应在一起，可问题不在这里。

问题在哪里？我警觉地问。

在河北那边儿。

河北那边儿？

嗯，河北村赵家。

也就在这一刹那，我明白了育生所讲“商量后事”的原委所在。他说的河北，是老姨第一任丈夫的村，位于龙泉镇东南五里处。在赵姓姨父去世前，我每年都会跑一两趟，对那里熟得很。我想育生真实的想法是将老姨葬进河北村赵家茔地，与赵姓姨父合葬，应该说这并无可诟病之处。

育生似乎料到我所想，忙解释说：我不是想把俺妈推给赵家不管，是赵家子弟非要接过去不可，态度很强硬的……

我心存疑窦：赵家知道老姨快……

育生说：知道，赵家有人在一旁的自来水公司上班，盯得很紧呢。

我在心里骂句：他妈的，盯着人死，什么事啊！骂是骂，而心里也不是完全不能理解，如果老姨死后不葬过去，那赵姓姨父将永远是孤魂游荡了。赵家子弟能如此执着也是出自一片孝心。只是……

我问育生：我老姨的意思是回滩上还是回河北?

育生摇摇头。

我问：老姨没有话?

育生期期艾艾说：这个……没问。

我叹了一口气说：等老姨醒过来，问问她。

育生嘴上说好，给出的表情却很是迷惘。

而我想的是：老姨还能醒过来吗？毕竟快一百岁的人了。

三

说起来是个奇谈，老姨和母亲共用一个大名：王曰英。这在全中国恐怕是绝无仅有的事，至今让我百思不得其解，莫非姥姥姥爷觉得这个名字好得不能再好，让姊妹俩一起用才不亏？后来想想，这事倒真有点儿宿命的味道：母亲去世由老姨替代，担起母亲的责任，就是说，走了一个王曰英，还留下一个王曰英。这能在我们的心理上会减少许多失亲之痛，事实上也是这样。

母亲去世的时候，我还不怎么记事，懵懂记得，老姨进家门时母亲已昏迷，一岁的弟弟还没断奶，可不知什么原因不肯吃，母亲的乳房胀得厉害，昏迷中喊个不停。姨从河北村来探望她姐，见状朝她的几个外甥高声呼叫：风庄、风响、小信子，你们等啥呢，快吃奶！我们如梦初醒，赶紧听命于老姨，轮流吃起母亲的奶来，直吃到母亲的乳房一点一点瘪下去，不再叫唤为止。

可这并没能让她苏醒过来，她不久就死了。那时我还不懂死是怎么回事，并不悲伤，去村外土地庙“报庙”的路上，不但不哭，还偷吃装在口袋里的花生。回来我哥把这事报告给老姨，老姨骂我“不讨头脑”。现在想来，也许就是在那一刻，老姨从母亲那里接过了管束我们的权杖，当然更包括关爱。总体来说，在我妈死后的几十年间，老姨对于我们兄弟姊妹就是母亲的角色，将我们一直挂在心上，从生活、工作到婚姻大事。我们也同样把她视为母亲死后最可依恋的亲人。把她家当成大本营，特别是在我们与父亲、继母闹崩之后，得空便往那里奔，以获亲情“补给”。如果不是因为老姨的存在，我们一生的情感生活不知将是怎样的荒芜。

我一直觉得对老姨是歉疚的，特别是在她老去之后，我们没有把她当成亲生母亲收留在身边，而让她长住在“脏乱差”的养老院中，过孤苦日子。于我，则更有一桩事让自己经久不安。那年去探望老姨，因行前匆忙，没来得及去商店采购礼品，便在牟平城换车时匆匆买了几条大鱼（老姨喜欢吃鱼），老姨中风正是大鱼惹的祸。我走后，老姨把剩余的鱼送到有冰箱的邻居家存放，当家里来了客取回时，她发现少了一条，急火攻心，于当天夜里“栓”住了。幸好一早有邻居来串门发现了，命捡回来了，却落得个半身不遂。从此老姨的生活大变，对此我是难辞其咎的。我常想：要不是自己无事生非多买了几条鱼，老姨就不会早早住进养老院，没准儿现在还住在村里，每天上山拾柴火呢，呜呼哀哉！

这晚，我让育生回家休息，自己和衣睡在老姨对面那张床上，却睡不着，久久思忖着老姨的后事：回滩上，还是回河北？应该说这事我可主导，也明白我主导必须遂她的愿，让她回想回的地方，这大概是我能为老姨做的最后一件事了。决不能含糊！不能！

四

一夜过去，老姨仍处于昏迷状态，没有任何苏醒的迹象。育生见我满脸疲惫，说他一人在这里守候，让我找旅馆休息。考虑到须做长期“抗战”的打算，便同意了。拖着旅行包到不远处的海德宾馆入住。若把海德两字倒过来，前面再冠个“李”字，就是改革开放初期闻名全国的农民企业家的大名。自几年前老姨换到这个养老院，每次来我都住海德宾馆。除了离养老院近，还有一点儿历史渊源：那年省里组了个团，去农村“感受改革开放气息”，牟平西关是头一站。很老板也很农民的黑胖李总高规格接待，参观完城堡似的李氏庄园后，便在海德宾馆大摆宴席，海鲜山珍一道接一道地上。也许正是这顿“口福”让我对“海德”情有独钟，每回来都住这儿。

洗了澡，正想补补觉，廷保打来电话，说：岘村那里有新情况。我问：啥新情况？廷保说：一句两句讲不清，你来接了我，咱们一块儿去解决。我说：好。我对廷保说的“新情况”也没太在意，心里想的却是他说的那封东北来信。

说到故里，人们常常用魂牵梦萦来形容，我也同样，想起来便心情复杂，只因那里已没有直系亲属，我近三十年没回过。村里的情况多从廷保的电话得知，譬如换了谁谁当村支书，选了谁谁当村主任，谁谁老了（去世），谁谁发了财，诸如此类。廷保在电话中还让我帮他推销苹果，因不通此道，没办成，一直心存愧疚。大约是前年，牟平一拨文化人去村里，又是找童年伙伴采访，又是对我家老屋拍照，一通忙活，生生把我弄成个“走出小村的名人”。恰这时，当地刮起一股为给家乡争了光的“名人”立碑的风，以彰显本村之卓尔不群。廷保在电话中兴冲冲地把泊子村要为我立碑的决定告知，并说一定争取把事弄成。听后我在心中高呼不好，立刻让廷保向村里转达我的恳辞，此事才不了了之。也正因为有这个驳村领导面子的过节，故对这次回村不免惴惴。

为进山方便，仍租了一辆三轮出租车。出了城，出租车向东行驶，柏油路顺山势不断提升，最终攀上制高点上庄口子。望着“口子”左侧茂密的松林，心倏然一跳。抗战时期，一个“队伍上”的女人乔装进城，将宋姓伪县长“赚”出了城，就在这树林里将其处决。这个颇具传奇色彩的故事是老姨讲给我听的。

车到泊子村村头，廷保已候在那里，一边上车一边说：风响叔咱不进村了，那边急，立马赶过去。

开车后廷保便赶紧说“事”：原来是岘村承包山林的人认定母亲的新坟“越界”，侵占了他的地面，责令迁走。我觉得诧异，问：茔地与山林的边界有标定吗？廷保说：当初肯定是有的，“学大寨”时开山造田，前些年又退耕还林，一来二去，原先的边界就弄不清了。我说：弄不清就断定咱越界？廷保哼了声，说：拳头大的是哥哥嘛。廷保下面的话就将此证实：他是村主任，自己经营一个饮品公司。本村人叫他主任，外面人叫他经理，后来干脆合并起来叫他主任经理。主任经理？我在心里一笑，想：这称谓不正体现出时下农村政商合一的现实吗？可谓时代一怪胎。

三轮出租车开到岘村时，廷保让司机停下车，问我：是先进村见主任经理还是去茔地？我不打奔儿地说：茔地。待三轮出租车继续前行，廷保从口袋掏出一封信递给我：信是从东北黑河寄过来的。

黑河！我的心跳骤然一停，随之狂跳起来。

我一把抓过信看，寄信地址果然是黑龙江省黑河……

黑河……

在我幼小的足尚未迈出家乡村子一步时，就知道有个叫黑河的地方，黑河、黑河、黑河……爷爷、婆婆和母亲总是如此嘀嘀咕咕，脸上呈现出忧虑和不安，给我幼小心灵种下的印象——那里是一个流着黑水的凶险地。奇怪的是我从未在父亲嘴里听到这两个字，似乎全家人唯有他与那地场没有什么瓜葛，尽管实际上完全不是这么一回事。

父亲二十七岁那年随同村里的一拨人去闯关东，出关后这伙人便各奔东西。父亲只身去了遥远的黑河，打信回来说在那里放木排。放木排是个很危险的活计，也很赚钱，父亲一干便是几年，这中间没回过家，很有点儿铆足了劲儿刨金的意思。每逢过年时爷爷便打信叫他回家过年，千叮咛万嘱咐，可父亲总当成耳旁风，不肯回。钱是不断往家里捎的，数额也很可观。这可观的钱就堵了爷爷和婆婆的嘴。直到第四个年头，母亲郑重向爷爷发话，说今年再不回来她就带着孩子回娘家过年。爷爷晓得我妈说这话是认真的，要真出了这种事，在村里就很丢人现眼。于是爷爷就给父亲打了一封“狠信”，说今年再不回家过年就不是家里的人。父亲终于在年根儿回来了，可一进门便讲明，过了正月十五便要返回。冬季河面冰封，去了也不能放排，这是人人都懂的道理。可父亲振振有词，他说冬季放不了排，能伐木，在冬季储足了木材，春天开河才有更多的木排可放，由此才有更多的钱寄回家。他这么一说，全家人就无话可说了，包括我母亲。如果不是后来出了意外，父亲在正月十五后便能如期返回黑河，但没有，由于不经意中暴露自己急返黑河的隐秘，致使他的计划落空。

揭穿父亲心系黑河这一秘密的是我母亲。年后的某一天，父亲坐在椅子上愣神儿，忽然扒拉起手指头，嘴里轻轻念叨：

该生了，该生了……这话就叫在炕上纳鞋底（为父亲的再次远征做准备）的母亲听见了。父亲于苦思冥想之中忽略了母亲的存在，这不当有的闪失足以让他懊恨终生。

该生了？父亲这没来由的话让母亲心里警觉，停下手中的针线，她的思绪在那一瞬间陷入深深的迷惘：啥该生了呢？父亲离家多年刚回，自不会是她自己，那么是家里的亲戚或者左邻右舍？她数算一遍没有要生产的女人，她进而想到家养的那些畜生，驴？猪？羊？都不是。作为一个家庭主妇，她对院里的一切都了然于胸，她知道没有一样生灵即将临盆。我妈再想（抑或是人们常说的女人的直觉），便想到一个女人，一个远在天边却令自己男人心驰神往的女人。延伸一步，她又想到自己男人留在那女人肚里的种，是她……那个贱货，该生了……

母亲顿时感到天塌地陷。

1982年，我随一个团去东北三省考察，路线行程事先已经确定。那日在天池上正玩儿得兴浓，带队的老曲突然宣布：将在预定终点站哈尔滨之后再增加一个新去处——黑河。这决定深得人心，于是群情激昂，欢呼不已。而我，其激动程度比任何人都更加高涨。黑河，在我的意识中已与自己的家族有了某种关系。不仅如此，那里与我的家族有着一种无形的联系。那里生活着我们家族血脉的一员，抑或是我的弟弟，抑或是我的妹妹。自然，可能还有那位当年与父亲有着衾枕之好的女人——我的同父异母弟妹的亲生母亲。当时我竟生出强烈的预感：我会在那遥远神秘之地找到他们。有种说法是有血缘的人会像磁石般自然吸引，我很相信。我还想：如果我真的找到他们，一定要尽快告诉父亲，因为我知道这信息对于父亲有多么重要，可以说他苦盼终身。我将不念与父亲之间的芥蒂，为父亲与他的失落之地建造起一架跨越漫长时光的桥梁。

然而当年的母亲却没有今日的我这么通达，她流着泪一遍又一遍向父亲追问那个黑河边上“快生了”的女人，待父亲招了，她就去找我的爷爷和婆婆，让他们为她做主。不仅如此，母亲又去找我的一个在烟台做生意回家过年的本家大伯。说起来，我的这位本家大伯算得上个人物，早年间与名士康有为、梁启超等人有着颇深的交往。这交往若干年后又荫及他的子孙。1960 年粮食歉收时他的孙子将康氏手书兜售于市，换回些粮米，全家才免于饿死。当年本家大伯在村里被视为家族的精英，人威信重，所以我妈找到了他。

当然后来决定父亲命运走向的还是我性情粗暴的爷爷，他不许父亲再去黑河，在家待着。

父亲病倒了，不吃不喝也不说话，处于一种绝食状态。全家人明白无误地看到了这种状态后面潜藏的危机，对此我妈不知所措。我爷爷故作强硬，其实是瘦驴拉硬屎、倒驴不倒架罢了。我婆婆是真正地慌了神儿，她踮着三寸小脚也去找我的本家大伯。大伯首先去找我的父亲，劝他吃饭，说只有吃了饭别的才好商量。父亲不听，说先商量出个结果他才吃饭，这就有点儿要挟的意味。大伯觉得先商量后吃饭也未尝不可，只要这个过程不太久，便出不了人命。他问父亲究竟做何打算。父亲说这事他想了好久，不外乎两个办法：一是将黑河边上的那女子娶回做二房（当时这种一鸾双凤的婚姻并不鲜见）；二是给那女子二房的名分留在关外，他两边跑，春暖花开后他去那边，天上一飘雪花再回到这边。他说只有这样，他才能承担起自己应该承担的责任。本家大伯说这事得与你家里人商量才成。他去找到我的爷爷、婆婆，将父亲的话说给他们听。爷爷、婆婆听了半晌不语，他们虽然在内心痛恨儿子惹出乱子，但细想想事到如今也许只有这样才能将事情了结。爷爷说再多一个儿媳，无论是娶回来还是留在关外，对他们老两口儿没啥不行，问题是他家里的（指我妈）能不能答应。我婆婆也说这事得和大媳妇（婆婆说这话时好像她已经有了大小两个媳妇一般）商量。于是本家大伯又去找我妈。不待本家大伯把话说完，我妈便号啕大哭起来，边哭边说这两个办法一个也不行，她就是死也不会答应。我妈说得斩钉截铁，以致本家大伯知难而退，不再相劝。

这天夜里，父亲喝了鼠药。

父亲没有死，他被救过来了。活转过来的父亲像变成另外一个人，神情麻木，眼光冷冷地盯着家里的每一个人，整天不说一句话，却也不做离谱的事，不是痴人。他不再说娶二房的事，也不再提去黑河，似乎一剂毒药将那一切冲刷得干干净净。这倒使全家人的心松弛下来，开始给他张罗以后的事。

父亲还是于正月十五后离开了家，不是去黑河，是去烟台。这是本家大伯为他安排的新去处，父亲几近一生的商人生涯便由此开始。

据我所知，后来父亲没有再去黑河，也没有发现他与那里有什么书信往来，同时也没有另外的风流韵事发生。在他去烟台的第三年开起了自己的文具店。他每年从烟台回一趟家，无一例外都是腊月二十三“小年”这天进门，过了正月十五回去。这段时间留在我儿时记忆中的是，母亲哭得烂桃似的眼睛和父亲冰雪般冷峻的目光。

后来母亲便去世了，她得的肝病，当时我们那里把这种病叫“气鼓”。

母亲死后，父亲很快在烟台再婚。不久哥哥和弟弟被接到烟台，我和妹妹在家跟婆婆一起生活（爷爷于 1953 年去世）。1956 年在我的强烈要求下，我、妹妹和婆婆也去了烟台，走前去老茔地给爷爷和母亲上了一次坟。一年后村里迁坟，先祖们“移居”到西山下，而我家无人（也没得到通知），爷爷和母亲的尸骨遭弃了。从那一刻起，晓（母亲的小名），这个仅仅在人世间逗留了三十四载的女子，便在人间香消玉殒了，连张照片都没留下。母亲也没留下一件遗物，这回重新安葬，大哥不得已从市场买了几件新衣替代。墓就被完全虚拟化了，连衣冠冢都算不上，想想心里便很不是滋味儿。

从岘村到西山茔地只两三里路，遐想中不待拆开黑河来信便逼近了。抬眼望，西山矗立面前，满坡的红叶，满谷的山风，这是我熟悉的山景。在岘村读“完小”的时候，放了学，日头还悬在山顶上，我们几个本村同学便结伴去山根底下捡干树枝，背回家当柴火。只有这时，婆婆才会露出难得的笑容。

到了。廷保说时我抬头看见了碑石林立、坟包连绵的家族茔地，记得汉河边上的老茔地长满了迎春，而这里全是茅草，茔地中间的老坟茅草格外茂盛，彰显着主人的“老资格”。而外沿的新坟茅草稀疏，有的还光秃秃的，两相对照，使人油然生出一种历史沧桑感。

风响叔，先在这里烧烧吧。走到茔地中央，廷保停下脚步，眼望着我说。我明白他的意思：老祖宗不能不敬，还须先敬。停下脚，趁廷保从提包里往外取祭品时，我浏览着四周坟地前面的石碑，碑上镌刻的先祖名讳甚是陌生，可见殁时已年代久远。从碑文上可见出俱是夫妻合墓，这是人生终点称心如意的圆满，哪怕生前是一对冤家。

焚了香，烧了纸钱，廷保便带我朝茔地边沿走，走到靠山路的一座新坟前，廷保低沉说：风响叔，锡诚婆婆在这儿。许是事先知道坟中“内幕”，望着隆起的坟，本该十分的哀伤也打了折扣：廷保口中的锡诚婆婆——我的母亲，在这里吗？就在这堆黄土底下吗？我努力让自己相信，却做不到。我又让自己相信母亲的灵魂在这里，也同样做不到。以母亲生前在泊子村度过的悲苦时日，死后不会情愿归于这泊子村坟茔，这是一定的。

那是清明前，大哥从哈尔滨赶到牟平，一是看望病中的老姨，再是为母亲造墓。在我们兄弟姊妹中，母亲最钟爱的是大哥，这话倒过来说也同样。我完全能理解大哥的心情，但对于在母亲去世六十六年后再造一座墓并不怎么认同，这是对亲情的冷漠吗？我想不是。悼念一个人可以有各种各样方式，未见得一定要造墓，特别是造一座与母亲毫无关联的墓，不怎么靠谱，但大哥主意已定，在电话中也没有征求意见的意思，我只好把想说的话咽进肚里。说起来，我不是一个有神论者，也不是个无神论者，因为神秘奇异的大千世界让我敬畏而迷惘，我不知道世间生灵来自哪里，是何方神圣能够将其打造得如此完美无缺，不可思议。于是浅薄的我面对深奥只能退而求其次，只对那句人死如灯灭的话坚信不疑。我一直觉得人们为自己造墓立碑，虽体现了对人世的留恋不舍，却是徒劳无益的。而生者对逝者最真实的怀念只能存在于心间。

我转到墓碑的正面，仔细看着刻在上面的碑文，母亲的名字刻在碑的上方中央。大哥曾在电话中说到要将父母合葬，一起立碑，我认为不妥，因这牵扯许多无解的问题。首先父亲肯定与继母葬在一起，如此便要将父亲分身。这种情况也不是没有，但这不适合母亲。母亲生前便遭到父亲的背叛，在父亲心里没有位置。死后也如此，他甚至没回家为母亲料理后事，是我们兄妹将母亲“送”到茔地。还有，他没为母亲撇下的未成年孩子尽到责任，任我们飘零四方有家不得归。如母亲地下有灵，肯定不会原谅他，与他和解。何况，对母亲的死，他确实逃不掉干系，事实上母亲是用死解除了与他的婚姻，早已两不相干，这就是真实而残酷的现实，不以人的意志为转移。现在再将他请到西山与母亲做伴，肯定不合母亲的心愿。鉴于此，我劝说大哥将合葬的意向放弃，他答应了。

还有一件十分重大的事，我提醒了大哥。他说：在母亲去世六十多年后，她穿过的衣裳及用过的物品已无处可寻，只能去市场买几件衣裳替代了。我说：如果葬在墓里的衣物压根儿不是母亲的遗物，那这衣冠冢就名不副实，与我们对母亲的思念不搭界。大哥说：你的意思我懂，可现在实在找不到了……

于母亲名讳的下方，用小字镌刻着密密麻麻的宋体字，是她后代的名字：子辈：庄、响、媛、传；孙辈：远、红、鑫、春、朵、亮、强、宁、扬。可谓阵列壮观，子孙茂盛。有个词叫树碑立传，对墓碑而言，这“传”，却仅限于传主的生育记录，有多少个“后”，多少有些单一，似乎这就是人生在世的全部意义。

我开始祭奠母亲的亡灵，自从离家，这是第一次对老人家仪式祭祀。我清楚自己是不肖子，我把带来的纸钱（廷保提前打印的），还有在市场上买的比真货还绚丽的“轿车”“电视机”“电冰箱”“手机”等母亲生前连知道都不知道的东西，悉数烧了。于青烟袅袅中，我跪下磕了三个头，然后起身在坟前默立。我没有哭泣，连掉泪都没有，说起来这很正常。我难以从心中驱除对坟茔的不真实感，还有，半个世纪的漫长时光，原本便不清晰的亲情记忆已浮云般飘走，难寻踪迹。我十分哀伤，不仅为母亲的悲惨早逝，还为她没机会享用子女对她完全发自内心的孝敬。而对我以及兄弟姊妹之哀伤，还在于母亲从这个世界的全身而退，未留下一丝痕迹（母亲连张照片都没留下）。我全然记不起母亲的模样。那些年，只要见到老姨，我总要问母亲什么模样，老姨的回答不变样：你妈长得比我俊，要不能在大街上被你婆婆相中？这样的回答当然不能让我满意。除了对母亲死时的模糊记忆，脑中还留有印迹的唯有这么几个片段：婆婆往锅里贴粑粑（饼子），母亲坐在灶前添柴拉风箱；母亲带我和大哥去地里给爷爷送饭；母亲带大哥、我、妹妹（那时小弟还没出生）去姥姥家走亲戚，路过高家庄时从一户人家的后窗讨水喝。还有，就是母亲知道父亲在黑河有怀孕待产的女人后，牵着我的手去找大伯（廷保爷爷）告状，一边从胡同往后街走一边抹眼泪……然而每当头脑中浮出这些弥足珍贵的片段时，我看到的总是母亲的形体（多是背影），而非面庞。这让我无限地惆怅。还有，我一直是个多梦的人，一睡着便开始连绵不断地梦，而母亲从未出现在梦中，对此我甚为遗憾又百思不解。无独有偶，我同样没在梦中见到父亲的面。说到父亲，我着实感情复杂，他对他的前妻及"前窝"子女的所作所为，其冷酷，在几十年后的今天，我仍然感到不寒而栗。我有时甚至想：母亲与父亲若在天国里碰面，又会是怎样一幅情景？相见一笑泯恩仇？我想不会。而这次，大哥是为母亲着想，怕她孤单，想以葬母亲的方式将父亲葬在母亲坟旁，也就是合墓，大哥有些解气地说就让他来陪伴母亲！岂不知有句话叫"强扭的瓜不甜"，"被复婚"显然不是母亲（同样也不是父亲）之所愿。

走出家族茔地，正要乘上三轮出租车回返，迎面开来一辆商务车，停下，从摇下的车窗里探出一个小青年的脑袋，先吐出一只烟蒂，再用空出的嘴巴问：是泊子村的吗？廷保说：是，怎么？小青年打开车门跳下来，扬扬手里的一卷纸，说：你们村有个出外的回来造了一座坟，占了岘村丁主任的山林地……说到这儿，我就清楚是怎么回事了，问：你是丁主任家的人吗？小青年说：是怎么，不是又怎么？我说：不是，你走路；是，你给主任捎个话。小青年认真看看我，问句：坟是你造的吗？我说：不错。小青年说：这正好，我就不用把告示贴碑上了。说着，走前几步把手里那卷纸递给我。展开果然是一份告示，上写：经认真调查，你们最近造的新坟越界侵占了丁建新同志承包的山林地，特限十日内将坟迁出，逾期后果自负。落款是龙泉镇土管所，加盖了大红公章。我问小青年：你是土管所的人？他反问：是又怎么样？我用不满的眼光看看他，说：没什么怎么样，既然你们土管所出了面，这事今后就冲着你们说话了，你贵姓？他说：我姓吕，怎么？我说：没什么怎么，好和你联系呀。他警惕地看看我，刚要开口说话，我的手机响了，是育生，说：风响哥，俺妈醒了——怕是回光返照。我一惊——回光返照？遂对小青年说：回去跟你们领导讲，我忙完事就去所里看地图。说完与廷保上了出租车，把他送回泊子村后，急速返回牟平城……

五

老姨是醒过来了，但时间短暂，我赶到她的床前时，已重新进入昏迷状态。我失望至极。问育生：老姨醒了多久？育生说：也就抽支烟的工夫。我问：说话了没有？育生点点头说：她问我，是青岛的（她的习惯说法，“青岛的”指我，“哈尔滨的”指大哥，“烟台的”指大妹大弟）来了？我惊得目瞪口呆，莫非昏迷中她有知觉不成？可能吗？一连串问号向我袭来。

我小心翼翼唤了声：老姨。

我轻轻呼唤，一声接一声：老姨……老姨……老姨……

老姨没有回应，静静地卧着，与年纪甚不相称的细白舒展的面庞，使我能忆起她年轻时的模样。我在年年岁岁对她的探望中逐渐变老，而她却能让岁月不在脸上留下痕迹，真是不可思议。在老姨过了九十大寿之后，我每次回去都会对她说，我会为她过一个隆重的百岁生日，意思是让她心有所想好好活，等着这一天的到来。对此，我也是信心满满，觉得不成问题。而近几年随着育生一回回“俺妈快不行了”的电话报告，以及我于危难时“真巧”地出现在她面前，似乎对原先的期望产生动摇。如同眼下，我已差不多认同育生所说“俺妈醒了——怕是回光返照”的判断，觉得这回怕真是不行了。

我慢慢在老姨的床边坐下，更近距离地端详着老姨平和的面容，老姨没有被我叫醒，她能不能听到我的呼唤呢？她的视力听力都是一流的，即所谓的耳聪目明。在于姓姨父去世后她一人独居滩上时，如果秋冬季回去，她的家门大多挂锁的，我就到村边的公路上朝山呼喊：老姨……不一会儿工夫，老姨背着柴草的身影便出现在下山的小路上。让我惊叹不已。

而眼下，我与老姨近在咫尺，可任我怎么呼喊她都不肯应声，莫非她的魂灵正在通向酆都城的路上渐行渐远……

这一霎，我的眼前倏然现出六十六年前的一个画面：母亲在炕上昏睡（今天的说法是昏迷），从河北赶来的老姨坐在炕沿，眼泪汪汪地呼唤着：姐，回来吧，回来吧，撇下四个好孩子，你舍得？回来吧，姐！

稍纵即逝，画面中届时方三十岁泣血呼唤着姐姐的老姨，又返回到风烛残年的现时被我所呼唤：老姨……

风响哥，俺妈怕是醒不过来了。育生在身后提醒。

我的心一沉。

对了，有件事忘了对你说，头晌，河北来人了。

河北?

嗯。那人说认识你。

那村的人我认识不少。多大岁数，叫什么名?

五十多岁，名字没问。对了，这伙计好像一只手没指头。

哦，传信，瞬时眼前浮出一个虎头虎脑的小男孩。他是河北村赵姓姨父的亲侄儿，头次见是1964年去老姨家，小传信提一篮茄子送给他“大妈”，我发现他有只手齐刷刷没了指头。后来老姨告诉我说：传信是用铡刀铡甜秆（玉米秸）时铡了手。说毕叹息说：齐整的一个孩子残了一只手，以后咋找媳妇啊？不过传信长大后媳妇还是找上了，我见过，还很不错。最后一回见传信，老姨已改嫁到滩上，一回我和老姨去赶龙泉集碰上了。他，对我和他“大妈”很客气。

他说什么？我问育生，心中多少有些忐忑。

让你去村一趟。

河北？

嗯。

没说做什么？

没。

育生问：他是谁？

我说：他是河北姨父的亲侄儿。

在养老院对面一家饭馆，我请育生吃晚饭，育生好有酒量，一斤牟平老烧进肚没事一般，口齿清楚地对我说泊子村的事。无非张家长，李家短。可这些对于我却很新鲜，也是我想知道的。这不显其能，能的是毫无醉意，口齿清楚地说：风响哥今晚我值班，你回旅馆休息，真有什么事我给你打电话。我晓得他“真有什么事”指的是什么，而我想的是另一种情况，叮嘱说：你记住，要是老姨再醒过来，一定问清她是回河北还是滩上。

想想也许本不该这么执着，有言何处黄土不埋人？只因对老姨来说，这是她百年人生最后的归属，重大无比，也算是对老姨感情债的补偿吧。不管从哪方面讲，我都应该把老姨的身后事办好，让她称心。所以我责无旁贷。

回到宾馆，便迫不及待地掏出黑河来信看。从廷保将这封信交给我的那一刻便心中惴惴，意识到将会由此揭开父亲雪藏了半个多世纪的个人隐私。他虽在生前对此讳莫如深，却无时无刻不牵挂着身处远方的心上人，直到生命尽头。这是我的推测，当不会错。

于忐忑不安中拆开牛皮信封，里面只一张信纸，写了短短几行字：

敬爱的爷爷：我们刚刚从奶奶的遗物中得知您，希望您高寿，还活在世上，如这样接信后能给我们回个音。

孙 廷安叩拜（电话号码）

又：如爷爷已不在人世，望伯父叔叔们与我联系。

看毕这封如同密电码般的短信，我先是打了个愣怔，接着便思绪联翩。我没急于解读这封信的相关信息，而是将父亲一生所拥有的女人相连接，用学者们的说法是以展现父亲感情生活的图谱，同时我努力加以揣摩。

我知道，若要客观地审视父亲一生的情感历程，必须摈弃个人恩怨，不带任何成见，如此才真实，有意义，才能慰抚自己的心灵。不言而喻父亲的第一个女人是我的母亲，从八岁时两人结下娃娃亲，始在他与我母亲的婚姻档期里。那时我还小，对他们的感情状态（现在说法叫爱与不爱）所知为零。若以现实的眼光进行推导，应该不错。母亲因模样俊俏被婆婆选了秀，面对美女，大阿哥能不心生爱怜？母亲在九年中为父亲生下四个儿女，依那句“孩子是父母爱的结晶”的话论，这么可观的“结晶”又怎能与爱无涉？我想父亲的移情别恋当不是通常意义上的始乱终弃，更多是环境所致。如果父亲不“出外”，也会像大多数庄稼人那样与老婆终身厮守。只因没有这个“如果”，父亲离家去到几千里之外的林区，环境改变人，或者说人性使然，于是便发生了后来的事。以我今天的观念，我并不认为父亲多么的大逆不道，事实上母亲的苦苦相留也是选择了宽宥。父亲最不可原谅处不是有了外遇，而是后来对母亲的绝情。关于母亲的死，村人有说是婆婆爷爷虐待所致，有人说是父亲的外遇（那时叫“轧伙”），不能否定这个因素，但主要的还是父亲的冷漠无情让她心碎，积郁而殁。在那个女人完全没有地位的年代里，男人在女人眼里是天，男人“走失”就是塌了天。如此而论，父亲对母亲的伤害就是致命的。至于后来他自己对此是否有这个认识，我怀疑。

再要说的就是继母。她是三人中与父亲厮守最长的女人。

继母难当，这话几近真理，适用于以往也适用于现时。平心而论，我的继母还应归于好女人类，起码不是个恶女人。

我与父亲、继母满打满算一起生活了五年，间隙与饥饿最终让家庭分崩离析。我幸运地躲进了军营。所以我只知道父亲与继母于这几年中的感情状况。父亲爱继母吗？我想是爱的，他们相敬如宾，没见过一次争吵。单六年间生下五个儿女，也很能说明问题。另外，还有一个让我一直十分困惑的问题，就是父亲毅然决然与我们——他的四个“前窝”子女断绝关系，其实远未到非如此不可的地步。起因是我们向父亲告了继母一状（说反映情况亦可），具体事情是继母对她自己的孩子有些偏心。说起来也是我们少不更事，只要不出大格，多少有些偏差也在情理中，用不着耿耿于怀，触碰这根再婚家庭的敏感神经。问题是父亲的反应有些过度，不由分说将我们从他庞大的子女队伍中“开除”。有言虎毒不食子，况且我们也没有大过错。后来我终于想明白，父亲之所以如此决绝，不一定是出于对我们的憎恨，而是出于对继母的深爱。丢卒保车，以此为代价来保卫与继母的美满婚姻，此是不是明智之举，不晓得在他的晚年是否有所反思。

那么父亲与黑河那个女人又是怎么种情况？不待往下想，酒劲儿涌上来，哈欠连天，赶紧倒下睡觉。

六

“活人比死人重要”，哪怕是为活人安排后事。我暂且撂下母亲的墓，前往河北村会见赵姓姨父的亲侄儿断指书记传信。一方面想听听他的说辞；另一方面也想从村里打听一下老姨这段婚姻的实际情状，以做处理老姨后事的依据。

车出牟平城，天开始变阴，远处原本青黛色的昆嵛山已被云雾缠绕，如虚如幻。车到上庄，雨下起来了。上庄，这个不起眼的村庄是我生命中一个重要驿站，那年离家去烟台上学就是在这里坐上汽车，从此成了个“出外”的人。记得那天也下雨，不同的是坐的是敞篷车，不遮风雨，一会儿便淋成了落汤鸡。而此刻坐在“大众”出租车里却与外界风雨隔离，闹中得静，无比惬意。出租车司机小伙子却另有一种心情，抱怨说：这种天气跑表不合算。我问：那就包车？他说：最好。随后报出包费。我没回价，说：成交。

许是我的痛快使得小司机对我这个“老客”另眼相看，打开话匣子，问我：是不是去河北村走亲戚。我说：算是吧。他说河北他也有亲戚，正好顺路去看看。我问：你亲戚姓什么？他说：姓官。我知道河北村两大姓，南街赵北街官，从老辈子起就不和，纷争不断，曾闹出过人命。正说着，司机小伙子问句：老客听听歌？不待我回答，他就把音响打开，放出来的是胶东大鼓。我立刻有了兴趣，凝神倾听：

说的是那北海有座蓬莱城，
城东关有一位大娘本姓宫。
宫大娘，儿子媳妇都去世，
撇下了一个孙子叫太平。

（白）这一天，小太平突然发烧得了感冒，本来感冒不算大病，吃点儿药发点儿汗就可治，可是这位宫大娘相信鬼神，于是她把蓬莱东关的一个跳大神的巫婆请到家里来了。

这个巫婆年纪已经七十整，
你看她穿戴打扮怪年轻。
紫红的褂子把那花边绣，
绿彩绸裤子耀眼明。
在头上一梳梳了个地瓜垄，
耳朵上叮叮当，当当叮，叮叮当当，当当叮叮，鸡蛋大的这么两个铃。
脸上的白粉有半尺厚哇，
嘿，就好像驴屎蛋子上下了霜一层……

一段毕，我笑着问：小伙子，你知道是谁唱的吗？小伙子说：还用问，玻璃丝袜子——明脚（名角）。我问：

哪个名角？他答不上来，反问：你知道？我说：知道，她叫梁金华，胶东大鼓最后一个传人。他惊诧不已，问：你咋知道？我说：梁老师是我的挨门邻居，每天都能免费听到从她家门缝里飘出来的精彩演唱……

噢，幸福，幸福。小伙子羡慕不已。

我说：哪回去青岛送客，找我，我带你去见见梁老师。

拜见，拜见。他纠正说。

车到龙泉镇，小伙子把车停在公路旁，说：老客耽误你点儿时间。说着冒雨跑进路旁的百货公司，买回一兜糕点，笑说：走亲戚不能空手啊。他的话对我有所触动，想传信也算一亲戚，也不能空手去呀，就笑说：向你学习呀。遂去百货店买了两条云烟、两瓶古井贡提回来。小伙子边发动车边说：高档礼品啊，城里人出手就是大方啊。我说：不瞒你讲，我这人在人情往来上特差，现在还开点儿窍。从前呢，简直可以说嘛事不懂。小伙子笑说：老客客气。我说：八几年我去北京，借住亲戚的一个二居室，要是现在，我知道该怎么做，要付一份相当于租金的礼金，要缴纳水电费，去人家家里要给孩子带点儿礼物。可你知我怎么？全忽略了，一毛不拔。现在想起来就脸红。后来的一段时间在青岛没住处，不少朋友主动借房，我同样铁公鸡。小伙子就笑说：过日子呗。我说：过个屁日子，1990 年的一天，我对象从超市回来，告诉我家里的钱全花光了，一块也不剩。我问：是吗？她说：

可不是。你猜怎么的？小伙子问：怎么的？我说：我笑了，对象也跟着笑。小伙子问：笑什么？我说：一家人能把日子过到这份儿上——不可笑？小伙子笑。我说：自知有许多失礼之处，就对我对象说：弥补一下吧，该还得还。对象说：应该。她想想又说，可有些事怕也厘不清，别人是帮了你的忙，可后来你也帮了别人的忙，还都是大忙，也没人送礼呀。我说：可人家敬你啊，敬礼敬礼，敬就是礼呀。小伙子嘿嘿地笑。我也忍不住笑起来。心想：人的短处，常常对熟人不好讲，可对不相干的人，却可大讲特讲，袒露真性情。

车到村头，雨停了，摇开车窗，一眼看见村头路旁竖的一块石碑，这不是竖碑的地方呀。正诧异间，小伙子说：这是名人碑，如今很时兴呢。我油然记起年初廷保打电话说村里要为我竖碑的事，当就是这种碑了。忙喊停车，车刹住，我跳下观看这稀罕的名人碑，青石质，颇壮观，像一张巨型名片，上面镌刻着碑主之名讳，生年与事迹。因内容详尽，字密密麻麻，只能大体浏览，获知这位河北村“出外名人”是一名撑竿跳运动员，曾在全运会、省运会获多枚奖牌，为家乡增光添彩，予以立碑表彰。我边看边在心里乐，想：这才是不折不扣的树碑立传。

回到车上，小伙子笑嘻嘻地问：这人跳得高是不？我问：你咋知道？他说：我成天跑车能不见？王家沟竖的是位围棋九段国手；山前村竖的是一位厅长；埠前村竖的是一位专演老太太的影视明星。对了，你们泊子村没竖，难道没出个名人？我说：早年间出过一名中医，曾给袁世凯、段祺瑞看过病。小伙子说：这个不能竖。我问：为什么？他说：古人不行，得是今人。我问：为什么要搞这个？小伙子说：有句话叫“爱拼才会赢”，现在就是“拼”的年代，各村就找出自己的名人比拼。我笑说：拼名人总比拼爹强。小伙子说：没错。

快进河北村时，育生打来电话，说：传信问你哪天去。我说：告诉他快进村了。心想：很当回事啊，小题大做，不就是往赵家茔地埋个人吗？可再一想要埋的是还在喘气的老姨，心里就别扭。

七

河北村位于汉河北岸，与河南村隔岸相对。汉河发源于昆嵛山，向北流入渤海，几经泛滥，在下游形成一小块冲积平原。我出生的村在河下游，地势平坦，所以就叫了“泊子”。自我妈死后，我们不时沿河坝向南走，去河北村看老姨。那时我们不叫老姨，叫姨，她三十出头，很年轻。是村里数一数二的俊媳妇。与其相反，姨父的相貌着实让人不敢恭维，小个，马脸，凸眼珠。当然他也有自己的优势，是吃国库粮的公家人，在农村这非同小可。当时有个择婿的顺口溜说：一工人二国干三军人四教员，至死不嫁庄稼汉。我心想：姥姥姥爷能同意把老姨嫁给这个其貌不扬的姨父，应该是冲着“国干”去的。每当穿着小号干部服的姨父在村街上一走，男人女人都笑脸相迎，有什么稀罕的东西赶紧往家里送。姨父聪明利落，口才也不错，很健谈。他是个正派人，较真儿，不会搞阴谋诡计，他一生仕途不顺也与此有关。在检察院当干事，回到镇上还当干事，但在村里，他还是很有地位的，谁家有红白喜事都要请他去喝酒，谁家有纠纷都要请他去调解。村里赵、官两姓打派仗（事实上是家族仗），赵姓人理所当然地把他抬出来压阵，“官大一级压死人”管用，这局面直至姨父去世。我觉得老姨与姨父的日子所以能过下去，且持续几十年，当是两人在优势上（男才女貌）的旗鼓相当，不是别的。

司机小伙子对村子很熟，径直把车开到传信家大门口。沿街看去，两边都是老房子，赵传信书记的房子也仅是翻修一下而已。村子变化不大，皆因不靠山不靠海也不在城边上，属兔子不拉屎之地。

下车后，小伙子给我一张名片，说：有事打电话。我说：倒真有件事请你帮忙。他问：啥事？我说：问问你亲戚，我老姨和姨父过得怎么样？小伙子用不解的眼光看着我，问：你姨父不是早就去世了吗？还问这个做什么？这是一个难以解释的问题，我便说：没什么，只是想知道。小伙子也不再深究，说声：行。开车往北街亲戚家去了。

开门的是传信老婆，以前我叫弟妹，现在也是。二十多年不见，她一眼便认出了我，说：风响哥一点儿不见老呀。我刚要回敬句同样的话，又赶紧咬住嘴，因太不合事实，原先的小媳妇弟妹不折不扣成了个老太婆。光阴在农村女人身上总是立竿见影，让人觉得甚不公平。

进了屋，弟妹说：传信刚出去，听说您来赶紧去龙泉水库弄大鱼招待。弟妹又说：骑的摩托，赶末（一会儿）就回来。我心想：传信也算是个能人，一个巴掌还能骑着摩托满世界跑。再一想：不是能人，会书记主任一肩挑？这事是育生对我讲的：农村开始民选村委会主任后，赵官两姓又开始争。为此县委杨书记在驻点的河北村搞试点，让赵、官两姓轮流坐庄，一届一轮换。这一招儿还真管用，想争也争不起来了。当下这一届轮到赵姓人掌权，由传信书记主任一肩挑，难怪有人戏谑说：河北村赵独爪（外号）是一手遮天。

弟妹让我上炕喝“水”，水，实际上是一碗荷包蛋，这是胶东农村待客的规矩。我说：不饿也不渴，免了，趁传信没回来出去转转，看看老姨的老屋。从某种意义上，那也是我们兄弟姊妹的家，那里有许多难以磨灭的记忆。

出了传信家，沿大街走去，旧地重游，确有隔世之感。老姨在这里生活了三十几年，除了那幢已归他人的老屋，别的已无迹可寻。如果弥留之际的老姨意识尚存，不知道她是否还思念着这个地方。我一直认为，人的一生是由诸多阶段组成，不同的感受会留下或欢乐或苦涩的记忆。对老姨而言，她的人生可划分为：出嫁前的枣园，出嫁后的河北，再婚后的滩上，以及现在的牟平养老院四阶段。至于各阶段生活的实质，也只有她本人甘苦自知，其他人观察揣摩只能雾里看花。包括我们兄弟姊妹，顶多能从某些生活碎片中窥见内心之隐秘。记得老姨改嫁前发电报让我回去，我一路上心中忐忑，不晓得发生了什么事。到家后方知是有人给她提了一门亲："公社干部""管工业的""身体人品都好"。这是老姨转述介绍人的话。考虑到老姨孤身一人，年岁渐大，日子将愈来愈艰难，我力挺此事，老姨听从，第二天便去滩上"见人"。临走给我煮了一盆鸡蛋当午饭。这可能因为有一回给她算了一笔账，说我从小到大吃的鸡蛋加起来不足一盆子。她一直记着，这回是一心要把从前欠的补上。那时人们还没有胆固醇惧怕症，我结结实实吃了一顿水煮鸡蛋，如电影里的大总统袁世凯那般。日头快落山的时候，老姨面带喜色地回来了，手里提着满满一篮子花生米、核桃、栗子，说是老头儿听说青岛外甥来了，捎给我的（没见面就给见面礼）。我说：这么沉你怎拿得动？老姨有些得意地说：老头儿骑摩托送到村头。我问：到了村头怎么不进家呀。老姨说：那不叫人笑掉大牙？不过，老姨还是让人笑话了，因见人就夸老头儿好，没多久就和老头儿领证成亲。用现在的说法叫“闪婚”。

铁将军把门。怔了半晌，才记起现在的房主——传信的大儿子儿媳双双在城里打工，留下一儿一女，由传信两口子带（因上学刚才未见），成了所谓的留守儿童。这是乡村一个让人头痛的问题，正如有人将“乡”字简繁体字做比较时所作的一首打油诗——乡（鄉）：乡无郎，个个都往城里赶，良田抛荒到处是，只有老弱和病残。诧叹间，只听背后有人呼声风响哥，回转头，见一个端着盆湿衣裳的中年妇女从河坝上走来，一时眼生。这时已到近前的女人笑说：风响哥你忘了，我是芬呵。啊，芬，记起来了，是姨父的远房侄女，芬是小名，村里人都这么叫。记得老姨想把她介绍给大弟风专。在老姨家见面那天，芬手里牵着一个八九岁的小女孩儿，是她妹妹，叫芳。走后，老姨说：芳和你妈小时候长得一模一样呢。我打了个愣怔，赶紧追出去看，没追上，姐妹俩已拐出街角了。心里悻悻的，想一定再找机会见见。不久，老姨离开河北到滩上，我就再没有回来，心里总惦着。后来听说芬嫁到了河南村，芳长大嫁到龙泉东面的邹家庄。此刻，当是心中的母亲情结太过强烈，我迫不及待地向芬打听芳的情况。芬的神情一下子黯淡下来，眼圈也红了，低声说：芳走了。我一时弄不清“走”的含义，急问：她去哪儿了？芬的眼窝已注满了泪。

噢，芳死了？我问。芬点点头……我心里很难过，竟没勇气再问下去，但意识里芳应属于非正常死亡。果然就被芬后面的话所证实：她喝了农药，救了一天一夜还是走了……我没问，芬又泪眼婆娑说下去：是她男人害了她。她男人？芬点点头，问：风响哥，你知道有个历城市吗？我说历城不是市，是济南的一个区，怎么？芬说：芳的男人在历城搞装修，和一个女人好上了，芳知道了，就……芬的话让我想到母亲，不同的年代，两人命运遭际何其相似，只不过母亲是病死的。芳不再哭泣，叹口气说：芳太较真儿了，不能过就离，干吗搭上命呢？我叹息一声问：芳有孩子吗？芬说：有个女孩儿，八岁。我问：谁带？芬说：俺妈。这时我又想到母亲，问芬：有芳的照片吗？芬说：有。我问：能送我一张吗？芬看看我没立刻回答，或许觉得奇怪，我就把老姨曾对我说的话如实讲了。芬明白后说：没问题。我就把自己的联络方式发在芬的手机上，芬说：回去就给寄去。我接着又问了芬另外一些事，手机响了，芬与我道别。

电话是廷保打来的，问我：看没看黑河来信。我说：看过了。他问：怎么办？我说：得想想。扣了电话我心里升腾起一股异样情绪：老天爷，半路又杀出路黑河人马，谁知道下面又会生出什么故事？

八

回到传信家，见传信正用一只手给摩托车打气。他不怎么显老，可能与不怎么下地有关。因残的是右手，怕露“短”，从不与人握手，只把左手抬起来摆摆。见到我显出很高兴的样子，把抬起来的手放在我肩上拍拍，说：风响哥行啊，当教授了，给家乡人争脸了。我说：哪里，没这一说。他说：就这么回事嘛，咱龙泉出去的没几个高过你，听说教授与烟台书记市长平级，了不得。哪天见了泊子村毕书记，问问他咋不给你立名人碑，骂他有眼不识泰山。我光笑，心想：人一旦当上官，气势就不一样，拍人肩膀，口气大，哪怕只是个村干部。

几样菜已经摆上了炕桌，盘腿坐下后，传信开了一瓶牟平老烧，说：别看不是名牌，保真，味儿正，不上头。我发现传信另一个变化是比从前能说，应该说是当干部练出来的，而两杯酒下肚，他就像在说单口相声，自说自接，不容他人插嘴。好在我今天来就是要听他说，听他把还活着的人说进赵家茔地里。

然而传信并不直奔主题，问我一些事情，说自己一些事情。东拉西扯慢慢才说上正题。他说：前天我去龙泉看俺大妈，也只剩一口气了，得准备后事。我和育生拉了拉，育生说：这些年都是你们兄弟管大妈，后事理应由你们拿章程。

我这个当侄子的也没尽多少责任，同样没有发言权。我是想，你们兄弟离家早，对有些事可能不太清楚。像大妈这种情况，死后应该葬在原配男人的茔地，这个没有法律条文，可从老辈子起都这样。前有车后有辙，大妈也应该这样，风响哥你说是不是？

传信说得委婉、平和，也很在理，可他忽略了一点，也是最关键的一点，我给他指出：我老姨还活着，等醒过来听听她自己的意思吧。

传信啊啊了两声，用左手端起酒杯说：喝酒喝酒。放下杯，又用左手抓起筷子夹菜，很麻利，像生来就是左撇子。

醒过来好，要醒不过来呢？他一边咀嚼一边说。

那就让育生拿主意，他是儿。

传信摇摇头：这主意他不好拿。

怎么？

你想想，他爹妈合葬在于家茔地，旁边再添上个后妈……他爹没啥，他妈会情愿吗？他咋能不顾及这个？

想想也是，育生有他的难处，才把这事推给了我。

说来说去，这事还得你管。传信说。

我刚要说你当侄子的也该管，又马上意识到没准儿他正等着这句话呢，便闭口。

开始上鱼了，弟妹把一盘炸鱼条放在炕桌上，说：鱼太大，咱也学学城里的一鱼多吃，咱不及人家手艺，可鱼好，喝山泉水没一点儿土腥气，尝尝。

好吃，嗯，好吃。我尝了一块说。

传信说：这是龙泉水库的鱼，以前吃过没有？

我说：没。嘴上这么说，心里却不明白自己为什么要说假话，只为让他们高兴？事实上龙泉水库的鱼我吃得很多。滩上姨父退休后，老姨捎信让买根鱼竿，说姨父在家没事干，整天闲得慌，让姨父去水库钓鱼，解闷。我捎回去一根朋友送的进口鱼竿，姨父喜欢得不行，差不多每天都拉着我去村后的龙泉水库钓鱼，钓上瘾连饭都不回家吃，老姨就颠颠地把午餐送到水库边。晚饭自然要吃当天钓上来的鱼。老姨烧鱼的手艺越来越好，再加上几盅牟平烧，那段日子真是难忘。

有辣根，吃不吃生鱼片？弟妹问。

不，不行，吃不来那一口。我如实说。青岛有家叫dozo的日本料理，食客盈门，多是冲着生鱼片去的。我不吃，朋友都说亏。没想到农家宴也……我问，咱这儿什么时候开始吃生鱼片的呢？

有几年了。传信老婆说。

觉得好吃吗？我问。

好吃个鸟！传信夹一块炸鱼条放嘴里，这多香。

那怎么还吃？

向城里人看齐嘛，不吃，显老土。传信说。

弟妹又端来一碗滑熘鱼丸，说：尝尝这个，俺国传（小儿子）最喜欢吃这个了，放暑假回来，天天要我做丸子吃，吃不够。

我问：国传上大学了吧？

弟妹说：早大学毕业了，留校，当体育老师。

我问：成家了没有？

她说：没，去年谈了一个对象，吹了。

咋吹了？

没相中咱呗。开初，女方听说他爹在村里当书记，以为是李德海那样的大老板书记。后一打听，是穷村里的穷书记，就不干了。

我安慰传信两口子：咱国传有学历有工作，一表人才，不愁没人跟的。

两口子都没吭声。

气氛有些沉闷，传信喝了盅酒，叹口气说：儿孙自有儿孙福，操心操不过来呢。

话题又回到老姨的后事，传信说：今天你既然来了，咱兄弟好好合计合计，争取把意见统一了。这样就是你回了青岛，这边我和育生也能把大妈的后事处理好。你只管放心。

我没吱声，心想：要是意见统一不了呢？

传信又说：风响哥我理解你的心情，有句话叫亲不亲一家人，打断骨头连着筋。俺大妈是你的亲姨，姨妈姨妈，姨和妈一样，你替老姨着想，这没说的。

我点头。对他的说法表示认可，却也猜到他真正想说的话在后头。

果不其然，他接着话题，从老姨转到他大伯，低沉地说：俺大伯命苦，一辈子没儿没女，侄子也就我一个，他死是我摔的盆子。从进茔地到现在已经二十多年了，一个人孤单单地在那里等，等俺大妈去找他。按咱这儿规矩，夫妻合葬前是不能立碑的，要是俺大妈不过去……

传信的话多少有些煽情，却也情真意切。在乡村，叔侄的关系近似父子，传信为他大伯主张，同样没说的。

我有些心动，平心而论，依照现有格局，老姨回归河北伴赵姓姨父当属正理，一夫一妻，阳间如此，阴间也应如此，否则有悖公平原则，可……

传信又说：论究起来，俺大伯是个“不走字”（没运气）的人，很可怜，一辈子不受重用，股级到底。与他同资历的人，有的当了局长，还有的当了厅长，他能不憋屈？为此落下病根，早早死了，我这当侄子的一想到这些就难过。

传信是在打悲情牌？不是，我觉得不是，假若我是他，也会有同样的心情，这就是所说的人之常情吧。

这时弟妹端来“一鱼多吃”的主菜——清炖鲤鱼。她招呼我动筷尝尝她的手艺，在这一瞬，我却记起，有一回赵姓姨父与老姨在鱼是清炖还是红烧上起了争执，姨父一怒之下提着包回了文登。老姨气得不行，说句“人不过四尺有毒”，以解恨。

我脱口问：我老姨和姨父两人到底过得咋样呢？

弟妹说：挺好的呀，你姨是有福之人，找了个干部，一辈子吃喝不愁。

我说：我是问两个人过得和顺不和顺。

弟妹叹口气说：和顺不和顺，这咋说？两口子过日子，哪有勺子不碰锅沿的？和顺一辈子，不和顺也一辈子。就说俺俩，说不和顺，孩子生出好几个；说和顺，他驴脾气一上来还对俺动手。

传信坏笑着回句：那是你皮痒痒。

放臭屁！弟妹瞪他一眼走了。

传信倒嘿嘿笑出声来，说：老婆嘛，三天不打，上房揭瓦。

我突然问句：姨父对我姨动过手？

传信反问句：问这做啥？

我坚持：到底动没动过手？

传信看看我，说：风响哥我告诉你，在咱河北村，不打老婆的男人就没有，可这说明个啥？

我说：说明感情……

感情是啥？传信打断问。

就是爱……

哈哈哈，传信用大笑打断我，爱情是啥？饽饽往肉里滚？

有谁见过这种好事？电视上的《乡村爱情》，全村老少一块儿谈恋爱，欢天喜地，农村哪有这回事？

我忍不住笑了，心想：可不是的，刚才在街上人影都不见几个，还谈啥恋爱呢？要说乡村有爱情的话，那已经移到城里的工棚里谈了啊。

弟妹端上来一盆鱼头汤，香气四溢，如同女主人脸上洋溢的喜气，看来并没把男人刚才的无理当回事。

最后与传信合计的结果是：若老姨醒过来，听她的。醒不过来，则按传信的意思办，回河北。

我俩端杯碰了碰，算是谈定。

正这时，院子里响起脚步声，不一会儿，一个五十几岁的女人撞进屋，张口就嚷：赵传信，上次我说的那事到底中不中？今天得给个答复！

传信冷冷地回：不中！

女人用手指着传信的鼻子：你欺压百姓，俺要到镇上去告你！

传信仍不动声色：想告就告。

女人说：这是你说的？

传信说：我说的。

女人说：好好好。我这就去告你这个“赵独爪”！说完气呼呼转身离去了。

一场猝不及防的短兵相接，还不待我明白是咋回事，就完结了。直叫我看得目瞪口呆，心想：乡间干群间在处理问题上就是这么粗糙直接？不讲方式，不懂迂回，直截了当。

弟妹告诉我，这女人的儿从部队复员，要宅基地盖婚房。给了，又提出要创业，要地盖作坊，村里哪有这么多地给？也不合乎政策，何况满村都盯着。她才不管这些，一次次来闹。

我点点头表示认可。

传信哼了声说：想三想四。

弟妹埋怨：瞧你这嘴，当着风响哥的面！

我不由得笑起来，因为我想起了我们学院的一位女领导，也是什么权都想往自己身上揽，可笑至极。

上车前，传信把我带去的烟酒塞给我，说：这个到龙泉百货公司退掉，找吕经理，就说我说的。

我一时不解：为什么退？

假的。

酒没喝烟没抽怎能确定是假？

传信说：在农村，在那种店，高档烟酒就没真的这一说。

我惊讶：这么绝对？

传信说：谁能买到真货那就像中了彩票，撞了大运。

我仍觉得不可思议，又把烟酒推给传信，说：要退你去退吧。

车子从村路拐上大道，司机小伙子连忙向我报告“任务”完成情况，说：老客，那事我给问了，亲戚说你姨父和姨过得很好，生活水平在村里巴头。我心想：生活水平巴头，别的呢？吃喝之外，完全没有感情的份额？我等他往下说，他却转了话题：听歌吗？还是……不等我回答便打开音响，一听，却不再是邻居梁金华唱的传统原生态的胶东大鼓，而是从《中国好声音》走出的某新秀唱的那首前卫时尚的《卷珠帘》。这种穿越如同餐桌上的一鱼多吃，也正是时下乡村人们内心彷徨迷乱、无所适从的现实写照。

九

老姨仍在沉睡，确切说是继续昏迷。育生说：上午打吊瓶时大夫听了听心脏，跳动已十分微弱，怕是……我连忙用手势止住，像上次那样将他引到大街上。我对育生说：不知怎的就觉得老姨能听见。育生没言声。我说：你说吧。他说：大夫讲没几天了，让准备后事。对此，我早有心理准备，只是难以接受这一现实。上次回来时我还对老姨说好好活，活到百岁，我们兄弟一块儿来祝寿。现在看，这个目标怕是无法实现了，真的很痛心。

育生说：我今天就回家把送老衣裳（寿衣）拿来吧。

我问：哪个家？

他说：滩上啊，俺妈在进养老院前就做好了，告诉我放在大柜里。

育生一提，我倒记起来了，那年回滩上给姨父烧“周年”，老姨讲姨父托梦给她，说穿的鞋挤脚，让给换一双。我问：鞋是买的还是做的？她说：做的。当时就觉得难以置信，我说：梦不能当真。她说：这梦不犯轻易，你姨父不愿麻烦人，若不是真挤脚，就不会托梦。我觉得也没必要和她较真，就去供销社买了一双，上坟时烧了。奇怪的是老姨不再做这个梦了。

我看着育生说：那就拿回来吧，别到时候来不及。

育生小心翼翼地问：风响哥，俺妈老了（死了）回河北还是回滩上，跟传信哥谈定了吗？要回滩上，这次回去就请人把墓穴挖好。

我说：也不急。

育生乘出租车走后，我原地给大哥打电话，把几个情况讲了讲：大哥更关心的还是母亲的墓地，意思是一定顶住，不能迁。我说：好的。大哥没就黑河来信表态，只说这事敏感，得想想。我说：好的，想想。他又说到墓的事，说他一小学同学的儿子在镇上当书记，有事请他帮着摆平。我说：过会儿我就去土管所看地图，有麻烦就找他。大哥说：我把他的电话发给你，就说我是你哥。

我又给廷保打电话，说一会儿接了他去看地图。叫他还等在村头。电话打完不久，出租车拉着育生回来了，提着一个蓝包袱下车。我说：这么快。育生说：车快。小司机说：不到十里，两脚油打来回。又问：再去哪儿？我说：去镇上。

来到泊子村接了廷保，车朝正南行驶。这是小时候赶龙泉集走的路（也是每次从青岛过来在牟平城转车去老姨家经过的路），我隐约记得，母亲带我赶了一回集，我穿开裆裤跟在后面，望着母亲的背影觉得大人穿的缅裆裤真好看，很羡慕，希望早早长大。当时的心理活动记得很清楚，却一点儿记不起母亲的模样，母亲在自己的记忆里永远是背影。

来了电话，是上午在河北见到的芬。说：刚在手机里发现妹妹的一张照片，是前年照的，给你发过去，咋样？我高兴地说：好的好的，谢谢你了芬。扣了电话，照片就发过来了，不待打开，心就怦怦地跳，如同发来的真是期盼已久的母亲的照片一般。画面出现，屏幕上的女子长脸，披肩直发，左耳上方戴了一枚绛紫色发卡，一双大眼沉静凝望，背景是河岸上一排杨树。我知道岸杨向下一直延伸到泊子村河岸，想到在这同一条河边，于不同的年代生活着的两个命运酷似的女人，诧叹不已，真有种宿命的意味。

是谁的相片？身旁的廷保侧眼看看问。

你看看，认不认识？我把手机递给廷保。廷保端详了一阵子摇摇头。

我把事情讲了讲，关于芬，关于芳。

廷保叹口气说：真没办法，反正没乡下女人的好活，从古到今。

没想到廷保有这么到位的概括力。

又说到我母亲，我说：咱村还活着的老人估计还能记得我妈的模样，哪天回去让他们看看照片像不像。

廷保说：锡诚婆婆（我妈）去世那年俺姐十岁，兴许能记得模样，让她看看？

我脑子里就浮出一个圆圆黑黑脸蛋上忽闪着一双大眼睛的小女孩儿，记得她曾带着我去村北割麦子。歇息时在地边挖曲曲菜（苦菜）。我当兵后回过一次泊子村，那时她已出阁（出嫁）了，婆家是龙泉西面的汤西村。小时候分开便没见，所以廷保一提起他姐，我自然而然想起她小时候的模样。

我问：你姐她过得好吗？

廷保叹口气说：过了一辈子庄户日子，好得了吗？又说：我这就发给她看。

廷保用我的手机操作，发出后不见动静，他从车窗向天空看看：姐下地了。

十

土管所不在镇政府大院，小伙子停了好几回才打听到。

首先见到的是那个去莹地贴告示的小吕，小吕皱了皱眉，还是带我们见他的上司老吕所长。老吕并不老，四十出头的样子，显得很精干，他面无表情地看看我，不起身也不让座，继续咝咝喝茶。

小吕倒有些不自在了，替我们介绍：这就是泊子村出外的那……

廷保赶紧说：俺风响叔是教授……

我打断廷保，直接说事。而后，来龙去脉交代一番。

哦，那事啊。老吕所长转向小吕：不是已处理过了吗？

小吕点点头。

那还要怎么样？老吕所长问。

他们要看地图。小吕说，看看坟是不是越过了边界。

边界？啥边界？老吕问。

岘村丁主任的山林嘛。小吕解释说，丁主任说新坟造在他地面上了……

这个啊。老吕又喝了一口茶，吐出茶渣说，这个看地图没用，上面不会标。

我问：你是说不会有地界？

对。吕所长说得很肯定。停停又转向小吕：不信就拿出来让他们看看，快点儿，要下班了。

小吕从柜子里拿出一张地图，在我面前展开。我在部队干过测绘，对地图很熟悉。这是一张1 ∶ 50000大比例地图。山川、村庄、道路一干地貌地物标得很详尽。我很快在上面找到了西山茔地所在位置，果如吕所长所说，茔地与周边山林没标出边界。

标没标？吕所长问。

没标。问题是没标丁主任怎么就认定越过了边界？我问。

吕所长哑然，眼望向窗外。

我再也按捺不住心中的愤懑，从一进门就罚站，阴阳怪气不正经说话，所长多大的官啊！我盯着他压低声说：越界的事，必须给个合理的解释！

合理解释？吕眼含讥笑说，政府土地职能部门的说法不是合理解释？

那得看职能部门能否恪守公正？

公正？啥公正？

我没回答。因晓得他不需要回答。以我的判断，再说什么都多余。我和廷保退出来，廷保有些担心地问：叔，你看这事咋办？迁坟？

不迁！我说。

那……

让他们看着办！

出租车开出不久，有电话来，声音陌生，问后方知是我哥小学同窗的儿子——龙泉镇党委苗堂书记。当是大哥给他打电话了吧？他问：大叔你现在在哪儿？我说：刚离开龙泉街，回牟平。他问：你到了镇上？我说：到土地所办事。他问：办好了吗？我说：没有。他问：咋？我说：不顺利。他问：那你咋不找我呢？我说：不想给你添麻烦。他说：大叔你这就见外了，老爹说他和你大哥是好成一个头的同学……啊，大叔，这么的，你回来了，怎么也得请你喝口家乡水（酒）啊，让司机掉头回镇上，车开到春和楼，我把手头的事弄完立马过去。对了，回到家乡有没有想见的人，叫一块儿聚聚？把泊子村书记主任叫来咋样？想到名人碑那档子事，我连忙说：算了算了。他说：大叔你说了算。一会儿见。

我觉得人家主动打电话来，是真心实意，驳人家的面子，不好。何况迁坟的事真得请他过问一下，就让司机掉头返回。

刚进春和楼大堂，有短信进来，是廷保姐姐廷淑，只一行字：相片是锡诚婆婆吗？

我心里一阵狂喜，赶紧回：谢谢你廷淑，改日去汤西看你。

廷淑回：叔一定来呀。

我回：一定一定。

这一霎，我陡然想到现时的农村女人毕竟是今非昔比的，下地干活儿有个手机揣兜里，所以还得认“社会毕竟是进步了”的话。

十一

“要啥有啥——吃活人脑子现砸！”

春和楼是老字号，正宗鲁菜。龙泉这家春和楼已有百年历史，在当地有个人人皆知的典故。说早年间，一个被遣返回乡的清宫老太监来此吃饭。当日高客盈门，店家殷勤接待。形容枯槁的老太监被冷落一边心情郁闷，好不容易轮到他点菜时，店伙计还不耐烦问句：吃啥？打卤面还是烩饼？他回店伙计说：点活人脑子一碗。店伙计说：没这个菜。他说：伙计刚才不是喊“吃活人脑子现砸”吗？店伙计明白是遇上不好惹的主了，赶紧请出店老板，店老板赔笑说：老客挑刺儿了，咱只是吆喝吆喝，哪敢砸人脑啊！老太监不肯松口，坚持要吃这一口。店老板只得连连作揖，说：老客除了这个点啥都成。老太监问：此话当真？店老板说没二话。老太监就开口点了几个宫廷菜，店老板闻听傻了眼，别说做、吃，连菜名都没听说过。他知道今番遇见真正的爷了，连忙赔礼道歉，说：马上摆席谢罪！老太监丢下句：开店的看客下菜碟儿，成何体统？而后扬长而去……不过，这家饭店倒是从此接受教训，对客人一视同仁，生意兴隆。

正玩味着这颇有意趣的春和楼典故，苗堂书记带着一拨人进到大堂来。

镇干部普遍年轻。若是年老就不对头了。苗书记大家叫他苗书，自报本命年三十六岁，看起来却不止，显老因一脸的忠厚所致。我相信面相见心性，头一眼见到家乡的父母官，我就把他划为好人一类，这也许他的父亲沾了光。大哥每每谈到他这位好同学总是夸赞有加：好人啊，好人！从遗传上说，好人之后为好人的概率应该是高的。

苗书笑呵呵地握手让座，又转向众人说：今天搞点儿小圈子，单叫“龙泉帮”来陪客。接着逐个介绍到来的“乡党”，姓名、职务、哪村哪庄，都是生面孔。当介绍到一个人时，我突然觉得极面熟，一时又记不起在哪里见过，便仔细听苗书介绍：老吕，土管所所长……啊，老天，是他！惊讶间，吕已起身致意，满脸堆笑说：见过见过。我也说：见过见过，心里却揣摩苗把他叫来是……

答案很快就有了。在苗书对我这个“龙泉人的骄傲”夸赞一番后，就把脖子转向一侧的老吕所长说：老吕，让你来不仅因为你是龙泉人，还……老吕连连点头说：明白，明白。苗书说：明白你就把事说说，先把教授的问题解决了，让教授今晚能喝个痛快酒，咋样？老吕所长说：我听书记的。接着就说事：岘村丁主任要拓宽从果园往山下运水果的机车路，发现泊子村茔地有座新坟就……苗书打断：新坟影响修路了？老吕迟疑一下说：是。苗书问：路向一边挪挪不行吗？老吕说：那边是沟。苗书又问：越界有根据没有？老吕看看我，说：地图上看不出来。苗书问：泊子村茔地占地多少？老吕说：三四亩。苗书问：啥时候开始在这儿造墓的？老吕说：1958年从泊子村原来的茔地迁过来的。苗书又问：泊子村怎么孤零零在这儿有块地呢？老吕说：这个不太清楚。苗书转向我问：教授清楚不清楚？我摇摇头，看看身旁的廷保。廷保说：这事有年头了，西山这半坡山林原本是岘村一户财主的，俺村一个人在他家扛活。有一年天旱绝收，财主没钱粮付工钱，就划出一小块山林抵。后来山林收归国有，划出的那块就归俺村了，也没啥用场，1958年迁坟，就……苗书记说：这一小块山地还有这么多故事哩。又转向老吕问道：地图上没标，那原先的土地证存没存档？老吕说：存没存档不晓得，现在肯定是找不见了。苗书说：无凭无据咋就说人家越界了？让人家迁坟，你们土管所还出告示！老吕期期艾艾说：丁主任找了安镇……苗书摆摆手打断说：别把事推安镇长身上，他不了解情况，你们也不了解？这时我身旁那个被介绍为汪副镇长的人替安镇长打圆场，说：这事我知道些情况，因路况不好，去年丁主任果园的葡萄运不出来，烂了大半，他要挟安镇，说要不帮他解决道路问题，就取消对镇财政的资助……苗书记不吱声了。

我暗自惊悚：一张告示背后竟有这么多复杂的牵扯，就算苗书想帮自己，怕也有许多忌惮之处。而且这事牵扯镇财政，我觉得迁坟的事，苗书是心有余而力不足了。下面我将以我的方式与那位主任经理对挡。

只是我小瞧了眼前这位苗书记。

酒菜上了桌。苗书又端杯代表家乡人敬了我一杯说：教授，说到底，你的事就是咱镇上的事；镇上的事，也是乡亲们的事，两头都得顾。你看我们能不能折中一下，奔个双赢结果。

双赢？我诧异。

苗书说：着眼于镇上的经济，镇政府应该帮助丁主任解决路的问题。这么说吧，尽管安镇的方法有些简单，但意图无可厚非。问题是目前的态势是大水冲了龙王庙，一家人跟一家人掰呀，所以就要协调好。

我听，看他如何能协调得“双赢”。

要是请教授先让一步，看可不可以？苗书真诚地望着我问。

迁坟？

苗书点点头。

然后呢？

让丁主任为教授补偿。

补偿？

对，在全镇范围，您选一处完全满意的墓址，可以在泊子村茔地里面，也可以在别的地方，交给丁主任去办。

汪副镇长拍下手说：好，苗书这个办法好，他丁本善不是本领大嘛，就让他解决，不成怪不了别人。

老吕却不太乐观，说：丁主任本事再大也不能包打天下，如今哪块地，哪块山林都有主，谁愿意在里面平添一座坟？

汪副镇长说：有钱能使鬼推磨，单看砸钱狠不狠了。

老吕不软不硬地顶句：金钱不是万能的。

汪副镇长说：那是不够多，多就万能，不但能让鬼推磨，还能让磨推鬼。

老吕仍不买账，说：讲是这么讲，但实际操作起来……假若我是教授，提出这么一个条件，丁主任就办不了。

汪副镇长问：啥条件？你说。

老吕说：让老人进革命公墓。

所有人都把眼光盯向吕所长。

汪副镇长一时语塞，而苗书却接了话茬，说：这条也未见得一定办不到。

汪副镇长一脸的疑惑：作为烈士进革命公墓可以吗？

苗书记说：事在人为。

又一齐把眼光投向苗书。

苗书说：依据过世老人的年纪，应该参加过抗日和解放战争。那时咱这里是根据地和解放区，男人上前线杀敌，女人在后方支前，劳苦功高。那首歌不是唱军功章有你的一半也有她的一半吗？就是这事，妇女为革命做出了杰出贡献，进革命公墓也有这个资格。当然了，这有一个操作问题，村镇两级出个证明，交给丁主任去县民政局办。

廷保开始兴奋起来，悄声对我说：叔，让俺锡诚婆婆进革命公墓是咱全家的光荣啊，办！

我没吱声，思索着苗书这可谓石破天惊的说法，我认为基本上是立足现实的。正如有句话所说，只有想不到的，没有做不到的。我相信财大气粗的丁主任手眼通天，能办得成的。

汪副镇长按捺不住内心的冲动，端杯站起，举向苗书记说：苗书的想法太绝妙了，佩服佩服，单敬一杯。

苗书记却不拾杯，说：老汪，你没喝就说醉话，这酒应敬教授啊。

汪副镇长立刻把酒杯转向我：对，对，先敬教授，我先干为敬。说着仰脖将酒倒进嘴里，又倒一下空杯让我看看，证明确实是干了。

气氛一下子上来了，龙泉“乡党”一个接一个地敬。我应付不了，廷保在一旁代酒“保驾”。

苗书记笑吟吟说：当然了，主意最终还得教授自己拿，让地下的老人满意是基本原则。

哦？让地下的老人满意是基本原则？苗书风趣的话让我打个愣怔，瞬间记起上午和芬的相遇，分手时我问她：芳死后葬在哪里。芬说：俺村。我吃惊问：没进邹家茔地？芬说：芳临闭眼前有交代，不去，让爹妈把她接回家，说这是她最后的心愿。也就是从芳的心愿我想到母亲的心愿，她的心愿又是什么？首先我断定她一不情愿留在西山婆家茔地，二不情愿高攀革命公墓，这两处都会让她感到孤独悲伤与不适，她不会愿意的。作为她的儿子，我应能体察出她心之所系，就是她曾得到过爱与温暖的地方，那里才是她称心的归处。现在既然有了一个实现的机会，我自不想错失，便冲苗书说：我想将母亲送回枣园姥姥村安葬。

枣园？满桌人都显出惊讶神情，特别是侄子廷保。

我肯定地点点头。

廷保似乎觉得我的思维有问题，紧盯着我告诫：叔，出了阁的女人是不能进娘家茔地的，这是老辈子的规矩。

我心想：这个我知道，我还知道母亲病危时，爷爷婆婆不管不问，爹在烟台不回来，没法子，姥姥姥爷把她接回枣园伺候。后来快不行了，用担架抬回泊子，因有规矩，出阁的女人不能死在娘家。妈不情愿回婆家，可不行，硬是被抬回来，回来不几天就死了。这桩事到今天我还耿耿于怀，可在众人面前又说不出口，我就借题发挥说：不错，老辈子是有不少规矩，比方小孩子夭折了不准进家族茔地，丢进乱葬岗，可这是好规矩还是孬规矩？

在家家把孩子当宝贝的今天，我举的这个例子就让人无话可说。汪副镇长与之呼应：可不是，许多老规矩不合情又不合理，说轻了是缺失人性关怀，说重了是软刀子杀人。

廷保显出很犯难的样子，欲言又止。

我问他：假如我妈你婆婆的魂灵就在眼前，问她想回哪儿，她会怎么说？

那肯定是枣园了。廷保说。

这不就是了！我说。

廷保不再吭声。

苗书征求：枣园，定了？

嗯。我郑重说。

苗书转向吕所长，用布置工作的口吻说：好，就这么定了，通知丁主任，责成他办！

汪副镇长说：对他讲，政府这边也是同样的意见。

苗书笑了，诙谐说：今晚就算开了个党委政府联席会议，教授列席。

嘴都咧开了，气氛一下子轻松活跃起来。

这时，服务员端来最后一道菜——红烧鲤鱼：报告，吕所长亲自选的鱼，不多不少十八斤。

要发！要发！要发！满桌人喜形于色地端起杯。

干！

不知怎的，这时我的耳畔竟响起老辈子春和楼那声耸人听闻的招牌吆喝声：要啥有啥——吃活人脑子现砸！

唉，世事沧桑。

打道回牟平，心里倒有些虚，今晚我自作主张要把母亲带回枣园安葬，大哥大妹大弟能同意吗？该怎样与他们解释？尽管心中忐忑，我也清楚这事情已不可逆转。

十二

老姨仍沉睡不醒，望着她渐渐舒展起来的面庞，我心想老姨是在补觉呢。老姨晚年特别迷恋电视，一个人在滩上生活时，每晚都看到半夜，哈欠连天也舍不得关机。

老姨的第一台电视机是我从青岛带过去的，同时也是本村的第一台，稀罕得很，每每晚饭后，村人便敲门入内看节目，拿自己不当外人，不看到屏幕出现飘雪不算完。久而久之，老姨便觉得不胜其扰，就装聋作哑不给开门。到了养老院，看电视仍是老姨第一的爱好，为争遥控器一直与室友不和，两个老太太闹起别扭就像两个孩子。现在，室友已调离开，电视可独享，可她却一味地沉睡，电视被闲置，这也许正是生活的悖论。

我对育生讲：昨天接家里电话，说机关要我回去参加一个会，接待一拨人，今天就得往回赶，好在时间不长，一完事就回来。育生点点头没说别的。我对他交代了一些事，留下一些钱备用，就准备去汽车站乘大巴。这时育生突然想起什么，指指放在老姨床头从滩上拿回的包袱：风响哥你看看。我问：怎么？他说：你看看。说着把包袱拿过来，解开，我看见在老姨那摞送老衣裳上面端端正正放着一张照片，是老姨和滩上姨父的合影。我的身体像被击了一下。

我问育生：这送老衣裳是老姨啥时候准备的呢？

育生说：大前年，她老说做俺爹的梦，说是叫她去，让我把她送回家准备衣裳。又问：风响哥，这照片是你照的吧？

我说是。那时老姨刚到滩上。

我的目光仍停留在照片上，当时的情景历历在目：老姨的院子里，一侧是一丛盛开的月季花，红黄两色，老姨和姨父并排坐在一张长条凳上。照前我故意起哄，喊：靠靠，笑笑。两人很配合，我立刻按下快门。回青岛我把照片寄回去，老姨在回信中说她和姨父都喜欢，让我给放大一张。老姨放在包袱里的正是这张放大后的照片。靠得很近的老两口儿脸上洋溢着欢快又略带羞涩的笑容。

我又将目光转向老姨苍白而安详的面庞上，而思绪却回到我给她和姨父照相的那个阳光明媚的下午。我觉得没有疑问了，老姨已经想好了自己的终归，并用这种毫不含混、人人能解的方式，向为她送终的人以昭示。我的内心感到阵阵撞击：河北与滩上，一边是苦苦等待她的原配夫君，与其合葬是那么合乎天理人伦；而另一边，其后任丈夫已与自己的原配妻子阴间相会，她再过去，怎么说也是个多余的人。老姨竟然不顾忌这些，一定要随爱而去，真的让人震撼感动，心里涌出一种难以言喻的情愫，鼻子突然一酸，眼也有些模糊。我不能断定此刻老姨是否知道“青岛”在她身边，可我仍然要说话给她听。我说：老姨我明白的，明白的，您放心，一定放心。我会照您的意思去做的。我相信她能听得见。我回身对育生说：育生，你明白不明白？

让我欣慰的是育生也“明白”。他说：风响哥，我这就打电话到滩上让人做准备。我懂得所说的准备，就是在他父母的坟墓旁边再挖一个墓坑，心里感到很欣慰。正如传信所言，育生的这种认可是不易的，他完全可以提出自己的理由以否定，却没有。

通过几天的相处，我觉得育生还是个心地善良的人。

十三

老姨是在我离开的第二天去世的。育生电话里的声音低沉而哀伤，他说：风响哥，俺妈老了。我嗯声。他又说：回滩上的一切都准备好了，可什么时候对河北传信讲呢？我说：现在就讲，咱明人不做暗事。育生说：可要是……

传信出面阻拦怎么办？我说：你就说老姨已经有话了，要回滩上。有话？育生迟疑地顿了顿，不等我说话，他领悟地哦了声，说，对，对，俺妈是有话，的确有话……我松了口气。然后重陷对老姨离世的哀伤与思念中，当然还有我的母亲，从我母亲出生到老姨去世，这两个拥有一个名字的姐妹俩合起来活了整整一个世纪……

还有两件事要略记：一是苗书记亲自打来电话，讲母亲回枣园的事已经落实，待回去迁坟时再聚。我由衷地谢了他。再一件是廷保打来电话，说黑河那边有个人给村里打电话，说要与锡诚爷爷的后人通电话，说得十分坚决，村里就从我这里要了你的电话给他。风响叔，你看不要紧吧？我说：不要紧的。

放下电话，我的思绪又回到母亲魂归枣园一事，心里仍觉得不够圆满，不是还有更好的归处，而是没有母亲留下的衣物造一座“真正”的衣冠冢，这在心理上便难以认可。又想：退一步讲，即使找不见衣物，若有母亲生前用过的某样物什做替代亦是可以的。许是该如此，这么想时，我突然记起一件事来，一次回滩上，老姨在炕上做针线活儿，见我老盯着她身前的一个用细柳条编的针线笸箩看，问：好看吗？我说：好看。老姨说：这还是你妈的手艺呢，又说：你妈看我喜欢就送给了我。当时我并没多想，话就过去了。现在冷不丁想起这个过节，一下子与母亲的归葬联系在一起。是啊，这针线笸箩可是母亲真切切的遗物哩，对于一个农村的女性，这甚至比她穿过的衣服更有象征意义。我立时激动起来，摸起手机按了育生手机的号码，从育生含含混混的声音我晓得是把他从梦中唤醒，可也顾不上那么多，我问他回没回滩上收拾老姨的屋子。他说：还没有，忙，顾不上。我说：那就好，下回回去我要去找件东西。

东西？啥东西？育生的声音明显警惕起来。

我知道他把事想歪了，故意逗他：一件贵重东西。

没有啊，风响哥，育生抬高声音，我检查了一遍，俺妈没留下啥值钱的东西啊。

我知道。我说。

一个乡下老太太，没有进项，再怎么省吃俭用，身后也留不下什么财富，可零零星星的首饰总会有的，那年我就给老姨买了一枚很大的方形金戒指，她喜欢得不行。当然一旦成了“遗产”，就理所当然归育生所有了。这没有什么，只是觉得事情一归到钱财方面，育生又露出本相来，让人岔气。

我解除他的担忧：我要的是老姨的针线笸箩。

针线笸箩？育生疑惑问，这个，值什么钱？

对别人不值什么，对我是无价之宝啊。

育生似懂非懂地哦了声。

我不再继续说，挂了电话。随之长嘘了一口气，我知道，只因有了母亲编制使用过的针线笸箩，她未来的衣冠冢也就名副其实了，才会让我们兄弟姊妹心有所系……阿弥陀佛……

黑河电话是深夜打来的，正宗的东北口音，从开口先喊的“风响叔”，我就清楚他是我爹的孙辈，叫我叔没叫错，对上了“号”。出生于黑河的侄子很是兴奋，诉说着多年来的思乡思亲之苦，我被他说得也很动情，对他讲：现在联系上了，今后就多多来往，咱是真正的一家人啊。我说得很由衷，电话那头的黑河侄子听了我的话明显激动起来，一口一个叔地叫，表示将很快起身回家拜亲，一齐商量祖母的归葬事宜。他的话，让我打了个愣怔，老天，我还真没想到这一层，接着犯起难来，按下葫芦起了瓢，这边母亲和老姨的事还没完全妥帖，那边又冒出来一个女人的归葬问题，而且这个事更复杂难办。难办在于父亲那边，即使能打听得到父亲的墓址，可他和继母的子女能答应接纳一个从未听说的黑河女人吗？不行，我必须让他打消这个念头。于是我先呼了他声老侄，然后婉转地说：这事再想想，从长计议，其实，千里迢迢归葬说起来是没有多少必要的……不等我再说下去，黑河侄子即打断，质问：叔怎么能这么说呢？祖母就应该和祖父葬在一起。这天经地义无可辩驳，而我只能从另一个角度来言说，我说：其实你祖父早就到了黑河，陪伴在你祖母身边。侄子打了个奔儿，接着反驳说：这怎么可能呢？叔你不能乱讲！我说：我是说你祖父的魂灵去了黑河。侄子又怔了怔，问句：

叔，你知道这个？我说：我知道，因为他是我父亲。他哦了声，没再追问下去。要问，我会对他讲：你祖父非常爱你的祖母，人的天性是寻爱的，无论活时还是死后，所以黑河是他祖父的必赴之地，在魂灵离开肉身的那一刻便匆匆赶了过去，这一点应毫无疑问。

侄子又继续倾诉起亲情，而我就听不见了，这一刻我的意识跨越了漫长的时空，置身于一片白雪皑皑的莽林中，那真是一个迷人的天地。我看到了并非流淌黑水的黑河里漂着一长串木排，木排上站着一个精神抖擞的青年，青年不时将眼光投向河岸，他看见了伫立在岸上向他频频招手的心爱的女子，这时他的眼里放射出如同朝阳般灿烂的光辉……

金山寺

当是一种职业性警觉，宋宝琦即使沉睡中也会被一声短促细微的短信振铃惊醒，且在迷蒙状态中反应准确无误：一把从枕边摸起手机且对准话筒位置：您好您好，是哪位?

短信短信！身边的老婆比他更神，黑下有风吹草动她总是先知先觉且头脑异常清醒。接下来男人把手机举在女人面前让她念。这也是常态，所以如此，一是他不用找眼镜，省去一通麻烦；另外，也是最具实质意义的，他“现阶段”外面“清爽”，无暴露隐私之虑，乐于顺水推舟自证清白。

老婆念：“僧人”要出事！

他迷蒙中一惊：什么?！什么?！

老婆又念一遍：“僧人”要出事！

他翻身坐起，一把抓过手机，又迅速从床头柜上摸出眼镜，他看到的信息与老婆念出来的无异，不由自主啊了声。

“僧人”是谁？老婆问。

嗯，同事。他含混地说。

他没再睡着。

上午，大市市府召开文教口领导干部碰头会，贯彻省府召开过的体制改革会议精神，作为市府大管家的副秘书长宋宝琦，可以说这是他的会。他诸事亲力亲为，不敢在领导眼皮子底下出纰漏。直等到分管文教口的钱市长开始对着麦克讲话，他才松了口气。思想在瞬间开了小差，回到那条让他心里一直不安的深夜短信上。他晓得发短信的人此时也在这间会议室里开会，像其他与会者那般正襟危坐，在事先发下的讲话稿上装模作样地描描画画，心里实不知在想什么。他冷不丁想到，此时该人想的怕也是“僧人出事”这桩事吧。该人与“僧人”是党校同学，也是好友。以现在的说法，党校的同学为“同党”，而“同党”间又常常会生发出一些不寻常的事端，以他所知，本名尚增人的“僧人”党校毕业后不久升为县级市丹普市委书记，而会场上的“同党”李为则升为大市文教局书记兼局长，两人来往密切。而今，尚增人在书记任上出事，难说不会挂拉着其“同党”李为。他不由为李为担起心来。

一上午的会。会毕，作鸟兽散。这时他收到李为发来的短信：我在车上。他心里立刻明白。

由舞蹈演员转行为司机的小马将他们俩拉到海边一家菜

馆，李为让小马回去了。这里他们来过几回，店不大，清静，菜品亦不错，重要的是环境，窗下便是海，海天一色，浪拍沙滩。正应店名“涛声依旧”。

不等酒菜上来，宋宝琦便迫不及待地问李为：消息确实？

李为点点头：来自纪检委。

宋宝琦其实也想到消息出处是纪检委，这类事纪检部门是正头香主，这说明他那里面有熟人，他问：问题严重吗？

李为说：这个不晓得，不过要一般般人家也不会管。

宋宝琦问：“僧人”也听没听到风声？

李为说：好像没有，前几天还兴高采烈地来电话，说他亲手抓的一个大项目已竣工，各方面都满意，很快要举行剪彩仪式，要我去参加。对了，他还让我告诉你，请你也去。

宋宝琦说：这样，那就是还蒙在鼓里。又问：什么时候对他采取行动？

李为说：这属于高度机密，人家哪会讲。按常规，确定了就不会久拖，怕夜长梦多。

宋宝琦心想：也是的。

服务员送来酒菜时，两人打住话头，同时把眼光投向窗外的大海，海景美不胜收，然而他们什么也没看见，眼前唯一片茫茫的蓝。

服务员离去，李为端起满满一杯啤酒，仰脖灌进肚里，把嘴一抹，吐出一个字来：×！

宋宝琦看看李为，没吱声。

还不到一年啊。李为感叹说。

宋宝琦能体会李为的意思："僧人"尚增人就任书记不到一年时间就出事，太过急切。他仍未吱声，只在心里道：不是有句话叫"一万年太久，只争朝夕"吗？不过客观上讲，上任一年出事尚属正常，某市一交通局局长上任还不到两个月便被双规，而"僧人"是远不及的。尽管这么想他心里还是替"僧人"惋惜。依他的条件，仕途上还是大有作为的，不想前程就这样断送了。

两人喝了一会儿闷酒。李为突然问：这一两年你和"僧人"走得近吗？

他看了李为一眼，惊讶于他怎么会问出这么一句话来，哪怕再笨，也会猜到他这话的潜台词："僧人"出事会不会牵连到他，就是常说的"拔出萝卜带出泥"。当然他晓得李为是出于好意，出于对他的关切，否则也不会深夜发短信，更不会冒昧问出这么一句话来。他对着李为摇了摇头，说：没有远近这一说。

是吗？李为思忖说，但，你对他是有恩的呀。

这话指向似乎更明确了。他没反驳，因为李为并没有说错，自己确实对"僧人"是有恩的，这恩就是帮他坐到书记的"龙墩"上。这个李为是始作俑者，他比任何人都清楚。那是一年多前，作为市府办公室主任的他在丹普市委副书记任上挂职已经快三年，恰这时，市委鲍书记调任大市任副书记，按常规市长孙广德会填补这个空出来的位置，成为书记，但他的年龄到了“杠杠”上，没戏了。在这种情况下，市委市府居副职的，许多人都盯着这个位置，思谋着能上位。一时间各种传闻飞扬。不久集中在两个人身上，一个是副书记尚增人，另一个是来挂职的他。而他对此无动于衷，挂职官员属“飞鸽”干部，期满便打道回府，即使要提拔也是回去后的事，所以他不当回事，每当有人在他面前说到这件事，他也是一笑置之，不入心，倒有些隔岸观火的心态。事情常常这样，越是没有念想，最终就落在你头上。一天李为打电话给他，说已得知市领导倾向于让他接手书记一职，干一届后再回大市。又说他要到丹普出差，到时一聚。当时他不晓得李为是为何而来，但能聚一聚也是高兴的。到达那天晚上，他与尚增人尽地主之谊，宴请过程并未涉及书记职务话题。饭后他与尚一起把李为送至宾馆，尚率先告辞，他留下与李为说话，很快就说到主题上。李为问他：对留下任书记有何考虑。他说：他没有思想准备，也没认真考虑。李为点头说：根据你的情况，回大市也会升任正局，所以在丹普干不干书记无所谓，而这一职位对“僧人”却大有所谓。下面竞争激烈，机会稍纵即逝，过了这个村就没有这个店，所以他让我与你商量一下，看能否把这个机会让给他。其实不等李为把话说完，他就明白李为此行是专程为尚当说客，让自己把到手的书记一职让给尚，让尚成为丹普一把手。他晓得，通常情况这是很扯淡的事，不过就自己的实际情况而言，李为分析得对，挂完职回大市升正局是手拿把掐的事，而尚就不同了，这也许是他升迁的最后一次机会。也正因为看明白了这一点，作为两人共同朋友的李为才能开这个口。于是“理解万岁”这句话在这里就体现出来。他理解尚增人，也理解李为。他当即表示同意，这事就谈完了。不久市委组织部来人征求他的意见，他首先对领导的信任表示感谢，后又以孩子即将考大学需要回去照顾为理由，婉拒了这次提职。来人又征询他对尚的看法，他毫不吝啬地说了一通好话。而后的事情也如他所料，尚上位。从这一点看，也确如李为所说对他有恩，甚至可以说恩重如山。只是世事难料，尚履新不到一年便出事了，仕途一败涂地。李为的愤怒也在情理之中。不仅李为，他自己也难以接受这一现实。他叹口气。“僧人”走到这一步，也用不着大惊小怪，一把手，想不走歪都难啊。

李为苦笑，说：论究起来倒是咱俩害了他。他主政一方，就急于搞出政绩，弄了个什么丹普世纪园工程，这你知道，人人都知道工程是个大泥沼，没有提着头发飞过去的本领，谁能逃得脱？

他说：话是这么说，可一旦摊上事，这些就不能论究，只能按倒霉处理了。

李为又呷了一杯。然后把杯子往桌上一磕，脱口说：自己倒霉，别人可要跟着不清爽！

这话的意思再明白不过。都知道李为与尚增人过从甚密，在某个范围里他也讲过拜尚上位的事，尚出事，自然会有人把眼光盯向他。他想到刚才李为说他对尚有“恩”的话，这不就是把眼光盯上他了吗？当然不是幸灾乐祸，而是担心，以他与李为的交情，这他能肯定。

他说：李为你放心，我和“僧人”之间没啥事。要说有只一桩，春节他请我去丹普寺烧香，回来时他让人在车后备厢里放了几盒当地特产，有海参海米鲍鱼，他要是交代出来，我承认，上面要撤职就撤职，要判刑就判刑……

李为淡淡一笑，说：这要发生在国外，撤职判刑不是不可能的事，可在咱这里，肯定不会以此追究。大家还不会相信，会讲帮这么大的忙，仨瓜俩枣打发了，太不靠谱。

实际上这也是李为对他讲的话，他不大相信尚能如此不讲游戏规则。他很想问一句：尚又是咋样向你报恩的呢？讲恩，你比谁都大呀。牙关一咬，终是没说出口。须知这是最隐秘的事体，特别在这关口。

李为突然发现了什么，盯着宋宝琦面前满满的酒杯，问句：你咋不喝了？

宋宝琦说：下午陪李市长去保税区视察，哪敢多喝？

李为调侃句：为人不当差，当差不自在。还是早些当上一把手吧，比方在下，喝多了倒下睡觉，哪个敢管？

他回句：别忘了利益与风险共存呵。

李为哑然。或许想到了尚增人吧。

回机关的路上，宋宝琦感到身心轻松。庆幸尚增人没把他的帮忙当回事，让他得以“清爽”。真是不做亏心事，不怕夜半鬼叫门啊！

在保税区吃了晚饭，宋宝琦与谭秘书一起把市长送回家，回到自己家，中央一套刚播完晚间新闻节目，许是与市领导夫人的身份有关，安安愈来愈关注国内外时讯。晚七点和晚十点的两档新闻是必看不可的。宋宝琦应酬回来常常看不到，安安就补课似的把当天的重要新闻大事转述于他。其实这时醉意未消的宋领导唯见她嘴唇翕动却听不见声了。

今天他喝得不多，有心事。自然还是为“僧人”的事。他认为如果李为的消息确实，李市长一定会知道。“双规”一个中层干部铁定须经常委会拍板。视察过程中他一直寻找与市长过话的机会，却苦于区里一大帮子人前呼后拥，根本寻不到空隙。直到饭前见市长一人在大堂吸烟区吸烟，便赶紧给自己点上一根凑了过去。他怕再有人步自己的后尘，赶紧开口说：李市长，有件事须向您请示，下周丹普新落成的世纪园要开剪彩仪式，您去吧？李市长连想都没想说句：不去。他赔小心说：丹普那边……李市长打断他：丹普那边，不就是尚增人吗？！他开他的庆功会就是了，我没空。他住口。也无须再说什么，市长明显的情绪化已说明了一切。

此刻，他将自己的情绪带进了家，打开了闸门：“僧人”完了，完了。

安安问：“僧人”是谁？

他说：丹普市委书记尚增人。

安安对上了号：他完了？怎么完了？

他说：怎么完了？要“双规”。

安安问：为啥？

他说：还用问？

安安问：事大吗？

他说：不大也不会动他。一两个亿的大工程，他掌控，人家拿钱砸，还不往死里砸！

安安就不再问，给男人泡了一杯茶。放在茶几上。

宋宝琦问：年初一从丹普回来都带了些啥玩意儿？

安安脸上现出惊色：怎么？挂拉上咱了？！

宋宝琦不耐烦：到底带回了啥？

安安说：哪记得过来，没那么好脑子。

宋宝琦说：别的我不管，从丹普带回来的，还在不在？

安安说：应该在，年前把储藏室清理了一次，该送的送，该丢的丢，年初一才从丹普带回来的，不好处理，应该还在那儿。

宋宝琦挥挥手：快去看看。

又说：全部拿出来。

盯着安安提溜到茶几上的“僧人”谢礼，宋宝琦如同望着一堆不明危险物，心中极为不安，甚至恐惧。假若如官场惯用伎俩，礼品挂羊头卖狗肉，变更了“内容”，那么其所潜藏的危险是显而易见的。以李为所说自己对“僧人”有大恩，那么可与“大恩”相对应的报答，自不会是个小数目，其效应足以让自己翻船。如此的事体怎能不让他心惊胆战？如同儿时在老家看杀猪，杀巴子（屠夫）在举刀将猪开膛之前，总会念叨句：有膘没膘但看这一刀。而对于眼盯着礼盒的他，当是有祸没有祸但看里面的“货”了。他苦笑着摇摇头。

拆。他说。

拆？安安用眼光问。

拆开看看里面有没有别的。他说。

安安明白了他的用意，一惊，问句：这些礼品够贵了，海参一盒三四千，鲍鱼一盒两三千，还能……

宋宝琦打断：不知道有比海参、鲍鱼更贵的？

啥？

钱！

安安眨巴眨巴眼，领会了。就动手开启礼品包装，打开后仔细检查，直至拆完也未发现有异。哦，正常礼品。

面对一片狼藉，宋宝琦先愣了一阵子，而后轻嘘一口气，心里不由嘟囔句：你个尚增人，倒是放了在下一马啊！啥叫劫后余生，这就是了。

卸掉压在心头上的石头，他轻松无比，站起身在厅里踱着步子，像在“复读”自己在仕途中走过的一步步，奋斗了二十多年，直到今天走到地级市副秘书长的位置，虽说算不上两袖清风，但总体上说自己是清廉的，归其原委，一是怕出事断了前程，另外所从事的多为没有实权的差，没实权办不了实事，人家自没必要拿钱“砸”你。他不由想：要是当初不把丹普书记的位子让出去，接下来，结果又会怎样？会不会像今日的尚书记那般，走到末路？这个，他不敢断定，更不能硬说自己不会。尚也好，其他贪腐被查或未被查的人也好，一开始未见得就无所顾忌，是走着走着才身不由己，他记得在一本书上看到这么一段话，一个人向一位道行深厚的大法师请教：船在什么地方最安全？大法师回答：在远离大海的地方。回答可谓饱含禅意，然而反过来想，远离了大海，船还是船吗？正因为船对大海有种本能的渴望，所以才一往无前驶向海的深处。此几乎成为颠扑不破的真理。又奈何？他深深叹了口气。

这一晚倒睡得安稳，中间还钻进安安的被窝“操练”了一把。

第二天陪李市长去经济开发区视察，开发区刚开建时他在筹委会办公室干过一段，与现任开发区主任孟先知同为办公室副主任。关系不错，后来分开亦经常联系，互相让对方帮办一些事，办完在电话里道声谢，如此而已。说来官场上也不像有人认为的那样锱铢必较，义气还是有的。不过像今天这种情况，到了他孟先知的地盘，酒是要多喝几杯的。

常常是这样，走马观花般地视察，压轴戏还是在酒场里。经过多年官场洗礼，个顶个喝酒不在话下。不过今天李市长情绪不高，不肯喝，宋宝琦就成了众矢之的。特别当着市长的面，须摆出一副舍己救主的姿态，另外从“僧人”的纠葛中得以解脱，心情轻松，喝酒正当时，就一杯接一杯地喝，很快就过量了。于是故技重演，从兜里摸出手机，做接电话状到走廊里。头脑发热，稀里糊涂拨了李为的号码，听到对方的应声，急不可耐地报告佳音：李为李为，你放心，放心，我没事，没事。不等对方反应过来，接着把清查礼品无异常的事和盘托出。跟句：真得谢谢“僧人”啊。

电话那头生硬地一笑：哈，老兄你说倒背了，是“僧人”应该感谢你！

哦哦，他谢了，谢了。他分辩说。

哈，几盒劳什子土特产，那也叫谢？

虽带着醉意，他仍明白李为的意思。依他所说，“僧人”的答谢是远远不够的。不合规矩，荒诞不经。事实上他自己也清楚，李为的质疑是摆在“理”上的，符合当下价值观念。而问题在于，“僧人”对他的无理正是歪打正着，为他之所求，所望。这般他才没有麻烦呵。

事情不对啊，真的不对。李为的声音透着认真，“僧人”不会这么笨，脑子再短路也不至如此。尽管有句话叫什么大恩不言谢，那是扯。你再仔细想想，查查，别出纰漏。当然，谁都不希望有事，可事情常常不以人的意志为转移……

他啊啊着，心里却有气：你小子是认准我受了“僧人”的巨贿了，可在哪里？你检举，检举出来我认！

不讲了。挂了。

回到房间接着再喝。心中有纠结，喝得更无节制，甚至有些癫狂。李市长有些于心不忍，朝众人说句：不要再灌宋宝琦了，再喝得在这落宿了。李市长的号令下得有些迟，他已经醉态毕露，嚷着叫孟先知再拿两瓶茅台出来，一人一瓶“吹喇叭”。让李市长给挡住了。

回程，汽车驶上快速路后便疾速前行，车灯的光柱刺破暗空。一如既往，市长秘书小谭坐副驾位置，宋宝琦陪李市长坐后排。而与以往不同的是，今番打盹迷糊的是宋宝琦，清醒的是李市长。不久，把持不住的宋宝琦把头靠在李市长的肩膀上发出鼾声。李市长倒体恤，没做反应，小谭看不过眼，向后撂胳膊碰碰宋宝琦，呼声：秘书长压着市长了！宋宝琦就惊醒过来，意识到自己的失态后连声说：对不起。李市长说：以后我不喝，也用不着你代，没这本经嘛。宋宝琦说：是，以后注意。停停李市长问：听人讲春节你去丹普拜佛烧香了？一听市长问这码事宋宝琦打个愣怔，一下子醒了酒，一时不知做何答。李市长说：怎么不和我打个招呼，我也一块儿去跟佛亲近亲近？他说：封建迷信的事，谁敢向市长说呀。李市长说：都说那座寺院做法事很灵，拿你来说，上香不久就升官了嘛。他赶紧说：就算有点滴进步，也是市委、李市长的培养啊！李市长笑了一声，说：你个大宋行呵，喝醉了官话还一套一套的。他说：这不是官话，是事实。李市长问：你什么时候开始对佛有认识的呢？他说：不瞒市长，我是一俗人，不仅对佛家缺少认识，还一直抱有成见。李市长问：为什么抱成见？他说：怕是受民间故事《白蛇传》的影响吧，法海和尚不择手段拆散白素贞和许仙一对恩爱夫妻，还把白素贞压在雷峰塔下面受苦，心里不接受，所以……李市长说：这是传说，历史上那个真实的法海可是个了不起的得道高僧。他说：是这样，那请市长给讲讲真实的法海。李市长说：我也是一知半解，弄不好就以讹传讹。小谭说：市长太谦虚了，讲讲也让我们长长见识。宋宝琦也说：市长讲讲吧。李市长就讲起来，说：法海是唐朝人，父亲裴休是当朝宰相，以现在的说法是官二代了。法海的母亲吃斋念佛，所以法海在娘胎里就开始斋戒与佛结缘了。出生以后，父母认为，官场险恶，富贵虚渺，所以决定送子出家，法号法海。砍柴三年，担水三年，闭关修炼三年，又在师父的引领下，三次云游，四十六岁来到镇江金山。此时金山上有一个寺院叫泽心寺，败落已久。法海找到一个低矮的岩洞栖身，看到寺庙破败，杂草丛生，非常心痛。一天他在佛像前起誓，一定要将寺院重新修复。后法海不畏艰难，挖土修庙，有一天意外挖出一大箱黄金，法海不为金钱所动，上交镇江太守。太守上奏皇帝，皇帝深为感动，下旨将黄金发回，修复庙宇。几年之后，残破的庙宇终于修葺一新，再次迎来旺盛的香火。法海圆寂后，人们将他原先修炼的那个山洞取名“法海洞”，并为他塑了一尊石像，供奉在里面。你们说，这个法海与欺压白娘子那个残暴法海是不是有天壤之别呀？市长一席话只讲得车内的人感慨不已。宋宝琦说：没想到市长的知识这么渊博，有空一定向市长好好请教。小谭说：市长讲的这个真实法海坚守信仰、不存私欲，值得我等今人学习效仿啊。李市长说：金山寺在唐朝时，叫江天禅寺，后改为金山寺，应与法海和尚和黄金的故事有关，说来也是颇有意味啊。大家连连点头称是。小谭说：佛教博大精深，劝人积德行善，用现时的说法算正能量。李市长说：是正能量。

回到家，宋宝琦重新进入醉酒状态，直挺挺倒在床上，呼呼大睡。却没有睡久，醒来时见安安坐在床边望着他。四眼一对，他心里倒泛出些许温情，问句：咋不睡了？安安不语，赶紧起身去倒了杯温茶端来，喝下后他就恢复了常态，对安安说：把你的手机给我。安安问：干啥？他说：给孟先知发个短信。安安问：你不是刚从他那儿回来的吗？他说：刚想起一件事。安安问：啥事？他说：我突然明白过来，李为告诉我“僧人”要出事，除了是关心我，让我从中脱身出来，还另有一个目的是让我把信透给“僧人”。安安说：他和“僧人”那么铁……他打断说：正因为铁所以要避，在这关头，当事人铁哥们儿的电话都有可能被监听，这个他清楚。安安有些紧张起来，问：那你呢？他说：应该不会，可也不敢贸然行事，所以迂回一下，把李为的短信转发给孟先知，让他透露给“僧人”。安安问：孟先知敢出头？他说：差不多，一是孟和“僧人”是老乡，也是挂拉亲戚，知道了这事会急，另外孟这人挺仗义，没城府，心直口快，一炮就打过去了。

说着他就把“炮弹”提供给孟先知：“僧人”要出事！

孟没立即回应，倒也在情理之中。

尽管心情有所放松，但心里还是替“僧人”忧患，即便与其没有利益瓜葛，也不希望他出事。

只是“事”说来就来了。下了班司机小邹送宋宝琦回家，宋宝琦有意无意地问句：小邹，上回从丹普回来，人家给的啥，还记不记得？小邹想了想，说：是海产品吧。您、我、张梅一人一份。他哦了声。一般到下边去，礼品少不了司机的份。小邹说的张梅，是办公室的会计，不知从哪儿知道自己要去丹普进香，找到他，提出跟车一块儿去，说要去许个愿。他不好不答应，就让她同行。礼品有她一份，也在情理之中。小邹又想起什么，说：对了，尚书记还送了您一个笔筒。笔筒？他打个愣怔。小邹说：对，很壮观的，包装盒上印着毛主席诗词。下车后您给了张梅。他啊了一声，瞬时记起有这回事。送行时，尚一个人来到他房间，把小邹说的那个笔筒递给他，笑着说：听说你老兄的书法练得不错，有了这个笔筒，水平会更上一层楼。因都知道他练书法，送文房四宝的大有人在，“僧人”送这个，他没当回事。一起下楼来到车前，小邹很有眼色地从他手里接过笔筒，放进提前装了礼品的车后备厢里。回市里车开到自家楼下，小邹和张梅一起下车帮他从后备厢里拿东西，又要帮他送到家，他谢绝了。也就在这一霎不知怎么心血来潮，把笔筒往张梅手里一递，说：这个你带回去吧，得空练书法也不错嘛。张梅没推辞，道声谢收下。这是个简单过程，没当回事的事，忘记了不足为奇，而一旦记起来又会很清晰。这如从天降的清晰记忆让他打了个寒战：莫非“僧人”真正的“意思”就藏在笔筒里吗？有可能，很有可能。如果是这样，尚对自己的“表示”就落到张梅手里了。这一霎，张梅那张带着可人笑容的脸油然出现在他眼前。他倒吸了一口气。

推开门，就听安安在讲电话，见到他，朝他摆摆手继续讲，讲的什么一概不入耳，他心里正陷入要不要把笔筒的事讲出来的纠结中。讲必然要带出张梅，而张梅跟他去丹普他没告诉安安。没别的，只觉得多一事不如少一事，女人，特别是官员女人在对自家男人的戒备上总是神经过敏，风声鹤唳。问题是现在不讲以后不得不讲可就转不过脖来了。权衡一番，觉得还是讲为好。

安安收了电话，说：今天盂先知发来短信，问我是谁，我没回。

他说：不回对。

过会儿又来一条。

说什么？

问是啥意思。

他哼了声：啥意思？让你通风报信。这还不明白？

安安又重复老问题：他会给“僧人”报信吗？

他说：应该会吧。

安安问：就算“僧人”知道要被处理，还有挽回的余地吗？

他说：这得看他的道法了。

趁安安不再追问，宋宝琦就把“僧人”送笔筒的事讲出来，说主要是家里这类东西泛滥成灾，就顺手给了张梅。至于笔筒里放没放别的，还是个未知数。

开始安安听得很迷茫，等明白了是咋回事，眼一下子瞪得溜圆，喊：赶紧把笔筒要回来呀！

出乎宋宝琦的预料，安安并未追诘被他隐瞒了的张梅丹普行，直奔主题到笔筒上，可见她对事情的轻重是有数的，只是思维尚过于简单，送了人的东西能说要就要吗？或者说这件事早已复杂化了，“内涵”远不止一个笔筒。比方如果里面有“货”，张梅会承认并交出来吗？通常情况，自己吃个“哑巴亏”也没大要紧，问题是不弄清真相，以后的事就无法进行有效应对。他把自己的担忧如实告诉了安安。

这，这可咋办哩？安安扭动着手指，这是她遇纠结的习惯动作。

他自是不指望她能对这桩“策略性”极强的事拿出个办法来，叹口气说：想想，好好想想。

早晨起来，宋宝琦脑子里已形成一个思路，不过没和安安讲。

上午，李市长听财税口汇报情况，讲起来后他退出小会议室，本想直接去财务处找张梅，想想觉得不宜太郑重，就回自己办公室，用座机拨过去。张梅听出是他，立刻用欢快的语调说句：领导有什么指示，请讲。他笑一声，说：没指示。觉得心跳得有些急，便定了定神，又说：小张不好意思呀……张梅说：领导有事只管讲，一定照办。他又笑笑，说：小张你记得年初一从丹普回来，我送你一个笔筒吗？张梅笑说：记得记得，领导的“恩典”怎能忘怀呢？他说：瞎说瞎说，那么个不值钱的东西算啥个“恩典”。他不等张梅接话，紧接问道：小张那个笔筒你开始用了吗？张梅说：还没有，领导让我练书法，我真想练，可这段时间老爸的身体欠佳，老跑医院……说到这儿张梅大概反过味来，问句：领导是不是要……他赶紧打断张梅的话，说：小张是这么回事，我老弟那天来电话，说要练书法，让我给弄套文房四宝，别的都有，就是少个笔筒，所以……张梅在那边嘻嘻笑，说：这么大的领导还“翻小肠”呵，行啊，还给你就是了。他跟着张梅笑，说：给了东西再要回来，是不像话，不过，我保证再送一套上佳的。张梅说：行是行，不过要罚。他问：怎么罚？张梅说：再去丹普还要带上我呵。他大包大揽：一定一定，没问题。

稳妥起见，他借口事急让司机小邹拉着张梅回家取。

不多会儿，小邹把笔筒送到他的办公室，放到茶几上。他表现出不经意的样子瞅了一眼，像看个无足轻重的物品，而心却加速了跳动。呵！哪里是无足轻重，是举足轻重啊！

门在小邹身后刚刚关闭，他便弹簧似的从沙发椅上弹起，三步两步奔到茶几旁，哆嗦着手从塑料袋里把笔筒掏出来，入眼的是考究庄重的厚纸壳外包装，上面印着一只圆柱形青花瓷笔筒，笔筒上印着毛主席诗词《沁园春》手书。他不深究，只一眼带过，便着手查验是否有被拆启过的迹象，反复端详了一阵儿，未发现有异常，便着手打开顶盖，把笔筒从里面拿出来，在这一过程中答案已经彰显，笔筒是空的，别无他物。开始，他怔了怔，待完全认定眼前的事实，他长吐一口气，全身轻松，如同卸下一副千斤重担。

上苍保佑，终是逃过这一劫啊！他心里默说，眼前同时现出大年初一在丹普寺院烧香许愿的那一幕，他记得当时许了三个愿，头一个便是仕途通顺，厄难不及，现在看，当是灵验了。

他想想，给李为发了个短信：放心，我没事，绝对。

李为很快回答：没事就好。

但愿“僧人”也没事。

共同心愿。

然而许多事并不以人的意志为转移，丹普市委书记尚增人终是被双规，有内部消息来源的李为在电话里对宋宝琦讲了个大概，声音透着不安与沮丧。他问：尚被控制在哪里？李为说：目前还在丹普。他问：事情严重不？李为说：交代中，难确定。匆匆挂了电话。

他赶紧上网，见城市论坛头条便是尚被双规的消息。没有更多实际内容，仅消息而已。然而对当事人而言，短短几行字已为灭顶之灾。

呵！“僧人”完了！

在无尽惋惜嗟叹中，他再次为自己没身陷其中而感到庆幸。他也清楚是尚的不按常理出牌，把他从网眼里放出来了。世事难料，这话极对。

尽管未被尚案牵扯，但他仍密切关注，得空便上网，察看动态。随着时间的推移，案件已渐渐“发酵”，各种说法铺天盖地。让网民大做文章的是尚跳高式身败——刚起跳便摔倒（李为亦对此事耿耿于怀），何以如此速朽，网民也有自己的见解：权力过于集中。对此，了解丹普情况的他是认可的。尚当上书记同时又兼任了人大常委会主任一职，这在中国官场司空见惯，不足怪（却让人想不通）。问题在于恰逢市长到点下野，一时没合适的人接，尚又临时接过这一摊。智慧的网民将其调侃为“三头六臂尚”，“三头”无须再说，“六臂”是指尚大权在握后进行了一次班子调整，调整是官样说法，实为重新洗牌，尚将重要部局的一把手都换成“自己”的人。将这么一副官人“形状”称其为三头六臂是恰切而传神的。只是春风得意的尚没记住有句叫“成也萧何，败也萧何”的话。

渐渐地，尚案的“发酵”已不仅限于网上的假把式，而进入实际阶段，办案人员频繁找“相关人”谈话，落实问题。

孟先知电告他“谈过了”。李为也电告“谈过了”，还加句：你也做好准备。他不以为然，谈有可能，但没什么可顾虑的，平常心应对即可。

那天刚上班，秘书便告知李市长在办公室等他。他不敢怠慢。办公室除了李市长，还有一男一女两位客人。李市长笼统介绍说：这是纪检委的两位同志，找你了解些情况，好好配合。他说：好的。主动上前与两位同志握手。李市长说：我有事出去，就在这儿谈吧，不受干“扰”。他晓得市长说的有事是去快落成的铁路北站检查工作，本来他也要陪同去的。

李市长出了门，宋宝琦以主人身份从饮水机接水泡了茶，端在客人面前。脑子趁这空当转：他们会了解些什么呢？

年龄五十上下浓眉大眼的男客当为主谈。待他坐下，三十左右清秀的女客冲他一笑，介绍说：这是孙处，我姓丁，小丁。他朝孙处点点头。虽在机关多年，并没见过这位孙处，包括小丁，他们的工作性质属那种昼伏夜出的类型，常人难得一见，包括他这个大管家。

孙处喝了几口茶，眼光随着放杯子的手落下，并不抬起，仍盯着杯子，和蔼得近乎讨好说：宋秘书长，冒昧打搅，不好意思，请务必理解。

他说：理解理解，你们公务在身，不必客气。

小丁拿出本子准备做记录。

孙处抬起头，看看宋宝琦，说：如果您认为是不当问题，可以不予回答。如果口误，提出来可以不作数。

很客气呵，他心想：可视为对领导的优惠政策吗？笑一笑说：哪能哪能，说了的就要负责嘛。

孙处也笑笑，说：宋秘书长是个敢作敢当的人哪。

这话让他有些不爽，孙似乎认准了他有问题，就看能不能敢作敢当了。他想干啥？

孙处说：事情是这样，丹普市委书记尚增人严重违纪，现已被双规，这秘书长自然知道，我们来是想就有关问题向您做些了解。

他说：孙处长只管问，知道的我肯定说。

孙处点点头，问：秘书长从什么时候起认识的尚增人？

他想想说：这个记不太清。

孙处问：那熟悉呢？

他说：熟悉应该是到丹普挂职之后吧，一个班子内，住同一座宿舍楼，同在市府餐厅吃饭，低头不见抬头见，常委会，书记碰头会，一起出席。

孙处问：秘书长认为尚增人同志是怎样一个人呢？

他说：从旁边看，是很正常的一个人。有魄力，也实干。不过被双规了，就不能从表面这么看了。

孙处略顿顿，说：冒昧问一句，秘书长与尚增人的关系怎样呢？

他说：这怎么讲呢？

孙处说：怎么讲都行。

他说：正常，应该说正常。

孙处点点头，说：应该是这样的，可有些人认为你们的关系比较密切……

他一笑：过从甚密？沆瀣一气？狼狈为奸？

孙处：言重言重。

他说：外面有种说法，丹普书记这把椅子是我让给尚增人的，但稍微有些常识的人都知道，这不可能。行车讲“礼让三先”，官场不讲这个。

事实上……

事实上每个人的情况不同，同一个职位，有的人想得，有的人不想得，比方我，不想要书记一职，是想回家督促孩子备考，怎么能认为我与尚是私相授受呢？

孙处说：当然不是，您的情况是明摆着的，即使不留丹普，也不影响……

他知道孙处没说出口的话是不会影响后面的升迁。

他不吱声。孙处喝了口茶，又说：正如您所言，事情因人而异。对于尚增人同志，书记一职可遇而不可求，重大无比。所以，您的后撤，事实上是成全了他，他应该很感激您……

他一下子明白，绕了半天，却与李为所想如出一辙。不过他并不特别反感，投桃报李是人们的思维定式，是美德，否则便为不堪。

他沉默。

一直忙于记录的小丁趁这空当为每只茶杯里续了水，又对他一笑。

孙处喝口水，又将眼光盯在杯子上，过会儿，说话的语气有所沉哑：宋秘书长，公务在身恕我不恭，能否回忆一下您与尚增人同志之间可有不当往来？

他问：什么叫不当往来？他盯着孙处看。

孙处说：这个秘书长应该清楚。

金钱？财物？

孙处不语。

金钱没有，财物嘛，尚增人送了我几盒海产品。还在，如果这算尚增人对我的贿赂，过会儿我回家取来上交。

孙处摇摇头，说：如果仅仅几盒海产品……

别的没有，肯定没有！他打断说，又问句，尚增人讲给我好处了吗？

孙处说：对不起，这个我们有纪律不能讲。

孙处站起身，向宋宝琦伸出手，说句：务必请秘书长理解。

他不能理解，明明没有干系的事，别人就是认定你有干系，不是撞见鬼了吗？

谈了，他也如实做了回答，他觉得事情已到此为止，事实却不是这样。中间只隔了一天，孙处和小丁再次登门。

这回是在市府小会议室。

落座后孙处对再次打扰表示歉意。希望对他们的工作继续予以支持。

他轻松说：没问题。

孙处点点头，说：好的，我们接着上回谈，您说尚增人同志请您去丹普寺上香，前后是个怎样的过程？

他心想怎么问起这档子事？不搭界嘛。便说：年前，大约小年后一两天，尚增人打来电话，说这几年寺院极红火，香客蜂拥而至，拜佛许愿据说很灵，问我想不想去，去他提前安排，因我爱人和小孩儿要去兰州岳母家过年，只剩我一人在家，也无聊，就答应去。初一日出前赶到，尚增人带我们一行上山，又由寺院大法师引带敬香、敲钟，中午尚增人陪着吃了一餐饭，便回来了。简单说就这么个过程，还需要详细说吗？

孙处说：已经很详细了，不过有一点想和秘书长核对一下，尚增人有讲相关费用一事吗？

费用？什么费用？

孙处看着他：香火呵。

呵，这个尚增人没讲。

秘书长没想到会有一个费用问题？

当时没想到，只想是由一把手安排的，一切都不成问题。

是这样，应该是这样。但佛事不同于其他，要虔诚，官再大，香火钱不敢不付。

他又呵了声，一下子明白过来，硬把他往尚增人的事上拢，症结原来在这笔香火费上啊。其实他不是没听说过关于官员进香拜佛的一些事，只是脑子一根筋，觉得三头六臂的尚增人能把他地面上的所有事摆平，用不着自己多操心。原来问题出在这里。

他诚恳地说：我还真没想到这个问题，要是提前想到，我肯定会自己付。

孙处说：这个我们也相信。问题是即使秘书长想付，也未见得事先能准备那么个数目呵。

他脱口问句：多少？

孙处不想卖关子，说：十万。

他不吭声了，十匝百元大钞在眼前飘浮。

小丁友好地起座为他添了茶水，说句：喝点儿水。

他渐渐缓过劲儿来。望着孙处问道：这十万是尚增人付的吗？

孙处摇了摇头。

那是谁？他问。

一私企老板。

尚增人说的？他问。

是。孙处如实回答。

他终于明白，在让官这件事情上，尚确是按“大恩”谢了自己，不过是以这种方式。

他问：他还说什么了？

与秘书长相关的，就这。

他意识到自己问了不该问的问题，其实孙处已经向他透露了本不该透露的话，其善意应该心领了。同时，他也知道事情不会止步于此，不管什么人付了钱，都是与他有关联的。尚增人讲出来，自是想撇清自己，找出个“相关人”来替自己担当这一块，减轻一些罪责，对此他也能理解。现在的人对许多乌七八糟的事都能理解，见怪不怪也是一种修行啊。

他发现孙处又在盯着茶杯看。他忽然明白，孙极力避免与自己对视，是因为他的眼光里有一种难掩的职业性严酷，便努力避免以此冒犯自己这个“市领导”。他同样领情。

他试探问：纪检部门欲怎样定性这十万块钱呢？

孙处稍稍抬下头，眨着眼说：这个领导让我们先听听秘书长的说法。

我？

对。

他说：实事求是讲，我不认为这笔钱应该算在我名下。

孙处不接话，只转头看了小丁，小丁低头在记。

他继续说：一、我不知道要花这么多钱，二、钱的来龙去脉我一无所知。

孙处低着头说：按说秘书长应当知道做这种高端法事的行情，十万也是优惠了的。

他问：不优惠能有多少？

孙处说：三十万、五十万都是在谱的事。

他说：这行情我确实是不晓得的，而且问题的根本之处是我并没见着钱。

孙处说：是没见着，但钱是为您花出去了，您是受益人哪。

受益人？精神受益人？他似乎是自言自语。

也可以这么讲，物质是可以转换为精神的。那就是转换成本。

噢，上升到哲学层面了，很深奥呵。他不无讥讽地说。

孙处说：哲学也谈不上，可从法律层面上看，事情还是很明显的。

请讲。

孙处尽量从眼里透出和善，说：尚增人同志授意老板买单，属索贿性质。那老板肯于付钱，属于行贿性质。而落到秘书长身上，则属于贿赂对象了。

他觉出孙绵里藏针的毒辣，一定要把他栽进去。便质问道：那么收款的寺院该怎样认定？

孙处说：寺院属正常佛事活动，功德箱里面的钱是善男信女自动放进去的，不是非法所得。

对这一点，他无话可说。

孙处歉意地笑笑，说：秘书长别误会啊，我们只是想大面上把事情捋一捋，这样对秘书长也有益处啊。

阴阳怪气。他想：这些人你就不知道他哪句话是真哪句话是假。他既然要把事捋一捋，就不妨一捋到底，落得个心里清爽，便眼盯着孙处问：你们纪检委是不是已有定论，这十万块钱是我的受贿款项？

孙处把眼光与他对视，良久方说：对秘书长说句真心话，这个我不知道。最后由领导来定。

这次谈话到此结束，双方都悻悻的。勉强握了下手。

接下来的日子宋宝琦就很不好过了，可谓度日如年。他左思右想，也无法推断事情会朝哪个方向发展。他不大相信自己会彻底翻船，那来无影去无踪的十万块强栽到自己身上很“狗血”，可他又深知官场的事向来难测，事说大便大说小便小，只看握权把子的怀哪种心思。另一个让他隐忧的因素是今年是他的本命年，这道无形的阴影一直印在心里面。当初答应去丹普进香也与此有关，希望能保佑自己迈过这道坎。而结果适得其反，惹出这番事来。想想只怪自己借花献佛心不诚。有时他也事后诸葛瞎寻思：早知如此当初就不该把书记一职让给尚，自己留下干一届，再回大市说不上能干上副书记或副市长。呵呵，他晓得事到如今想这些已经晚三春，他不由又想到那个关于船与海的典故，觉得人生是也非也真的很悖论，难说难道。

他联系不上李为，李为也不联络他，不晓得是怕惹麻烦，还是本身已经有了麻烦。特殊时期，什么情况都可能发生。

他也思谋着从顶头上司李市长那里套点儿口风，又担心不慎出错，偷鸡不成蚀把米，便作罢。

一把刀始终悬在头顶，又不知啥时落下，心神不宁，烦躁不安，各种抑郁的征侯亦渐次显现。感觉像到了世界末日。

这天是周六，安安的学校有活动，临出门安排他买鲜奶，说小铺里的不保险，要去大超市。近期的事情他没和安安讲，这人看似很有章程，其实心理承受力很差，知道了会比自己更焦虑。

超市离家不远，步行十分钟便到。他推着购物车在货架中间穿行，忽听有人呼了声“秘书长”，旋尔一个同样推购物车的秀气女子笑盈盈站在面前，他稍稍一愣，认出是与孙处一道和自己谈了两次话的小丁。他高兴地与小丁打了招呼，除了寒暄，偶然相逢的两人似乎也没多少话可说，便客气地挥手再见。而没过多久，小丁又转回来，伸手递给他一张字条，说句：秘书长要有事就联系我。他笑着点点头，顺手把字条塞进口袋里，没多想。

回到家，放下东西，又习惯地把零钱掏出来放进门边的一个纸盒里，这时看见混在其中的小丁给他的那张写有电话号码的字条，他的心倏地一动，意识到小丁这一举动似有某种深意，再联想到谈话过程小丁投向他关切而友好的眼光，心想：莫非她是暗示自己，想知道案子的内情她可以提供？对，是这样的，一定是这样的。自古有云“朝中有人好做官”，她就是“朝中”人，知道朝中内幕。

想好了，便不再迟疑，给小丁拨了手机。小丁平静地问句：是秘书长吗？他说：是我是我。小丁说：有事请讲吧。他一时竟不知该从何讲起，而怎么讲又都显得唐突，小丁不吱声，等着。他轻咳一声，小心翼翼地问：小丁，那事，有什么进展吗？小丁说：那事 pass（过去）了。Pass？咦，为什么？小丁笑笑，问：难道秘书长不希望是这个结果？他赶紧说：不是，不是，只是……小丁说：秘书长不用说了。我知道你怎样想，这事有些超乎常规，程序走到上面，上面集体无语。他说：怎么会……小丁说：想想也在情理之中，这事佛是一方事主，哪个愿多事，惹佛不高兴呵？呵！呵！是这样，原来是这样。他真的没想到这一层，可仔细一想，也确在情理之中。

当他要向小丁真诚道谢时，小丁已挂机。

满天阴霾一扫而空。生活重新美好。

又过了几天，他接到张梅一短信：领导，对你讲，上回在丹普寺院许的愿，已经灵验。非常感谢你呀。我想在国庆长假期间南下再去金山寺上香，你可愿同往？

他满身发起热来，不待细想，便打出两个字母：OK。发了出去……

图书在版编目（CIP）数据

命悬一丝 / 尤凤伟著 . -- 石家庄：河北教育出版社，2022. 10

（年轮典存丛书 / 邱华栋，杨晓升主编）

ISBN 978-7-5545-7172-9

I. ①命… II. ①尤… III. ①中篇小说 - 小说集 - 中国 - 当代 ②短篇小说 - 小说集 - 中国 - 当代 IV. ① I247.7

中国版本图书馆 CIP 数据核字（2022）第 156177 号

年轮典存丛书

书　　名　命悬一丝

MING XUAN YI SI

作　　者　尤凤伟

出 版 人　董素山

总 策 划　金丽红　黎　波

责任编辑　姬璐璐

特约编辑　张　维　韦文菡

出　　版　河北出版传媒集团

河北教育出版社　http://www.hbep.com

（石家庄市联盟路 705 号，050061）

印　　制　天津盛辉印刷有限公司

开　　本　787 mm × 1092 mm　1/32

印　　张　8.75

字　　数　168 千字

版　　次　2022 年 10 月第 1 版

印　　次　2022 年 10 月第 1 次印刷

书　　号　ISBN 978-7-5545-7172-9

定　　价　48.00 元